UNE FOIS SEPT

DU MÊME AUTEUR
CHEZ POCKET

1. DES GRIVES AUX LOUPS
2. LES PALOMBES NE PASSERONT PLUS
3. L'APPEL DES ENGOULEVENTS
CETTE TERRE EST LA VÔTRE
LA GRANDE MURAILLE
LA NUIT DE CALAMA
ROCHEFLAME
UNE FOIS SEPT
VIVE L'HEURE D'HIVER
J'AI CHOISI LA TERRE
MON PÈRE EDMOND MICHELET
HISTOIRES DES PAYSANS DE FRANCE
1. LES PROMESSES DU CIEL ET DE LA TERRE
2. POUR UN ARPENT DE TERRE
3. LE GRAND SILLON

Claude et Bernadette MICHELET

QUATRE SAISONS EN LIMOUSIN

CLAUDE MICHELET

UNE FOIS SEPT

ÉDITIONS ROBERT LAFFONT

La loi du 11 mars 1957 n'autorisant, aux termes des alinéas 2 et 3 de l'article 41, d'une part, que les *copies ou reproductions strictement réservées à l'usage privé du copiste et non destinées à une utilisation collective*, et, d'autre part, que les analyses et les courtes citations dans un but d'exemple et d'illustration, *toute représentation ou reproduction intégrale ou partielle, faite sans le consentement de l'auteur ou de ses ayants droit ou ayants cause, est illicite* (alinéa 1er de l'article 40). Cette représentation ou reproduction, par quelque procédé que ce soit, constituerait donc une contrefaçon sanctionnée par les articles 425 et suivants du Code pénal.

© Éditions Robert Laffont S.A., Paris, 1983
ISBN 2-266-01849-3

A ma mère

La plus perdue des journées est celle où l'on n'a pas ri.

Sébastien CHAMFORT

L'humanité se prend trop au sérieux ; c'est le péché originel de notre monde.

Oscar WILDE

1

J'AI failli m'appeler Félix, car je suis né le jour de la Saint-Félix. J'arrivais en septième position ; les prénoms se faisaient rares chez nous. Chez nous, c'est tout un programme. Commençons par la base. Un père, bien sûr, une mère, c'est logique ; puis un frère, trois sœurs, c'est parfois dur à subir ; et encore deux frères, avec eux je m'arrange toujours.

J'étais donc le septième et malgré cela, Maman me mit au monde en se demandant un peu ce qui se passait. Elle n'a jamais été forte au sujet des mystères de la vie. Certes, elle sait à peu près d'où et comment viennent les enfants, mais ça ne va guère plus loin. Aujourd'hui, malgré ses quarante-quatre petits-enfants et sa trentaine d'arrière-petits-enfants, le mystère demeure...

J'atterris un soir de mai vers les minuit moins le quart. Le problème de mon prénom fut débattu dans le chœur familial. Certains me voyaient en Dominique, d'autres m'affublaient d'Antoine. En fin de compte, on s'accorda sur Claude, avec cependant droit de regard sur les autres prénoms. Ce qui donne à l'état civil : Claude, Marie, Dominique, Antoine, Félix.

Cela dit, entrons plus en avant dans la découverte de cette tribu qui est la mienne. Je suis issu d'une famille provinciale, bourgeoise et bien-pensante. D'une de ces familles qui faisaient parler d'elles en ville parce qu'elles étaient « nombreuses » à une époque où ce n'était déjà plus la mode.

Du côté maternel, notre grand-père, Fernand Vialle, était un phénomène. Médecin, il jouissait de l'estime générale, surtout auprès des cheminots — son père avait été chef de gare — et auprès des paysans auxquels il prodiguait ses soins avec une maîtrise de rebouteux et une générosité qui frisait l'inconscience. Son désintéressement était tel que plus d'une fois pendant la guerre il nous a suffi de nous présenter comme ses petits-enfants pour voir s'ouvrir les paniers à œufs, en un temps où les poules avaient, elles aussi, choisi la clandestinité.

Mais Parrain, c'est ainsi qu'on le nommait, était beaucoup plus attiré par la poésie que par la médecine. *La Brise*, revue littéraire qu'il avait créée au début du siècle, eut une certaine renommée jusqu'à Paris. C'est par elle que Carco se fit connaître. Enfin, Parrain aimait la bonne chère, était un excellent fusil et jouait du violon avec talent; bref, un épicurien comme on n'en fait plus, hélas.

Du côté paternel, c'était autre chose. Ce grand-père-là aussi était un cas, mais d'un genre différent. Il était obèse et unijambiste, ce qui ne manquait pas de nous impressionner chaque fois que nous allions le voir. Il vivait à Pau où il gouvernait avec une autorité non dépourvue de majesté une épicerie fine dont il avait fait son royaume. Il mourut pauvre et tertiaire de saint François, mais nous légua quand même son amour pour le gigot aux haricots, les vins de Bordeaux et les alcools blancs.

Nos deux grand-mères, de type victorien mais de caractères diamétralement opposés, se voyaient peu et s'entendaient donc très bien... De son père, Maman hérita fantaisie et anarchisme. Du sien, Papa garda le culte de l'épicerie, le sens du sérieux et une tendance au patriarcat. L'un complétant l'autre et malgré ce mélange contradictoire, voire détonant, ils donnèrent par sept fois un résultat qui aurait pu être pire.

Au départ, pourtant, l'aîné n'eut pas de chance. Flanqué de trois sœurs alors qu'il n'avait que quatre ans, il dut longtemps subir sans défense les assauts concertés des filles. Il a bien du mérite à ne pas être misogyne. Mais, Dieu merci, les trois garçons qui suivirent vinrent rétablir un équilibre plus heureux entre la série A et la série B.

En ces temps-là, les hommes portaient des guêtres et la moustache. Papa ajouta un béret basque et partit à la conquête des marchés, de Gramat à Clermont-Ferrand et de Bergerac à Ussel. Il était courtier en alimentation.

Maman, pour décontractée qu'elle fût — et qu'elle demeure —, parvint, sans en avoir l'air, à nous élever tous les sept. Elle y mit une grande patience, ce qui est tout à son honneur car, tout comme Papa, elle en est totalement dépourvue.

Papa ayant eu l'astuce d'acheter en 1925 un terrain marécageux loin du centre de Brive y fit bâtir une vaste demeure. La maison était alors isolée et son jardin assez vaste pour nous permettre de dépenser un trop-plein de vitalité, signe manifeste de bonne santé. Un immense saule pleureur occupait tout un côté. Il était l'orgueil de la famille. Un magnolia enlacé d'une glycine envahissante lui faisait pendant ; c'était notre repaire préféré. La nuit, notre jardin devenait le rendez-vous de tous les chats du quartier et aussi, comme le portail n'était jamais fermé, celui des amoureux. Nous ne le sûmes que bien plus tard.

Mais le jardin, c'était encore la ville. La vraie liberté était ailleurs. Nous possédions heureusement une authentique ferme perchée sur une crête à une bonne heure de marche de Brive. Domaine familial depuis 1851, terres savamment pressurées par plusieurs générations de métayers, nous en faisions déjà un refuge idéal. Ici, plus de visites aux douairières à cache-rides, plus de vêpres, plus de classe. Ici, c'était notre jungle, on le verra plus loin.

La débâcle nous surprit au début des vacances et, cette année-là, nous étions allés à Arcachon.

Mine de rien, nous sommes de fieffés contradicteurs. Non pas de ceux qui contrecarrent par attrait de la polémique, mais de ceux qui vont à l'inverse du sens commun. Les routes éclataient déjà sous la poussée de l'exode. La logique nous dictait de suivre la file et de fuir plus au sud, comme tout le monde. Mais, tels des migrateurs, nous regagnâmes nos quartiers habituels, c'est-à-dire plein est, droit sur Brive.

Empilés dans un taxi que Papa nous avait envoyé, nous remontâmes à grand-peine et en pleine nuit la longue cohorte des réfugiés. Dans chaque village, nous nous attirions de la part des gendarmes effarés des regards chargés de scepticisme et d'incompréhension. Malgré les voitures encombrées de matelas, les vélos surchargés et l'air minable des gens que nous croisions, il fallut, pour que nous nous sentions vraiment en guerre, débarquer au petit jour à la maison. Il y avait du monde partout. La rue Champanatier, si déserte à l'ordinaire, était encombrée de véhicules. Des inconnus se pressaient dans le jardin en un va-et-vient continuel. A l'intérieur, c'était la foire, le hall de gare, l'hôtel louche aux heures de pointe, le clapier. Bref, c'était délicieusement inattendu !

A vrai dire, une sérieuse dose d'humour s'imposa pour goûter pleinement le sel de cette grosse plaisanterie. Nous atteignîmes le paroxysme du délire grâce à un couple de Belges. Voyez-vous, ces pauvres gens n'étaient pas dans la course. Malgré tout, il fallait être déraciné par la guerre et assommé de fatigue pour confondre notre maison avec un hôtel ! Eh oui, ils se croyaient dans un hôtel ! Apercevant Pierre, notre frère aîné, ils le prirent pour un groom et lui commandèrent de l'eau chaude. Il y avait de quoi se rouler par terre, car Pierre, en bon scout, exécuta sa B.A. sans rechigner !

Malgré l'argenterie étalée çà et là, le piano transformé en poubelle, les fauteuils convertis en lits et les chambres en dortoirs, nos parents prirent bien la chose. Comme la pagaille battait son plein, il nous apparut vain d'espérer nous nicher dans cette caserne surpeuplée. Nous n'avions plus de chambres, plus de literie, plus de meubles. La retraite s'imposa ; elle fut digne et ordonnée.

Avant tout, nous récupérâmes, dans la mesure du possible — c'était une piètre mesure —, tous les objets présumés de valeur pour les mettre à l'abri. Ils passèrent à la cave, depuis la croix de guerre de grand-père jusqu'à la pendule et aux candélabres (en superbe bronze doré !), auxquels Papa tenait farouchement : il les avait reçus en premier prix d'un concours de mots croisés...

Quand l'ordre fut rétabli au sous-sol du caravansérail, Papa nous expédia vers la ferme. Là-haut, une autre surprise nous attendait : la maison était aussi pleine qu'à Brive ! Mais l'espace et le grand air rendaient la cohabitation plus facile. On s'entassa à douze dans deux pièces, les cinq autres servirent d'auberge gratuite. Papa resta à Brive. Pour lui, les choses sérieuses commençaient. Pour nous s'ouvraient des grandes vacances inespérées. Elles allaient, en fait, durer quatre ans.

2

Tout a une fin, même la panique. L'exode ne dura pas. En revanche, la vie à la campagne se prolongea.

Une ferme, ce sont les vaches, l'âne, les poules et les canards, les greniers à foin remplis de cachettes, la vigne et le verger. A tout cela s'ajoutait un vaste jardin en forme de vaisseau. A la poupe, la maison ; à la proue, de grands sapins faciles à escalader. Mon plus proche frère et moi-même n'ayant sans doute pas été envisagés dans les prévisions de nos parents, il n'y avait que cinq cèdres dont chacun avait son propriétaire. Se tenaient, dans l'ordre décroissant, celui de Pierre, de Jacqueline, d'Annette, de Françoise et de Bernard. Nous dûmes, Yves et moi, nous contenter de deux thuyas rabougris tout à fait impropres à l'ascension. Dotation sans importance : tous les arbres du secteur nous appartenaient ! Et le secteur était illimité, pentu, sauvage, plein de grottes, de bois profonds, de taillis et de bruyères.

L'hiver 1940 fut des plus rudes. Malgré les engelures, le froid et la neige firent notre régal. Nous étions dans notre fief et le monde était loin.

Pas très loin pourtant car, parallèlement à nos ébats enfantins, des débats plus terre à terre s'instauraient dans notre entourage. Je me souviens d'une phrase qui revenait toujours dans la conversation lorsque Papa recevait quelques amis :

— Edmond, tu vas te faire foutre en tôle...

Pour moi, la tôle c'était l'ondulée et je ne voyais vraiment pas pourquoi et pour quelles raisons on en menaçait Papa. Le mettre sous tôle, dans quel but et d'ailleurs qu'y ferait-il ?

Et cependant les amis insistaient, se faisaient plus pressants :

— Je t'assure, Edmond, ils finiront par te foutre en tôle !

Décidément, les adultes avaient des idées bizarres.

Je compris plus tard que je n'étais pas sur la même longueur d'onde... A propos d'onde, il en est une, soit dit en passant, qui avait la prédilection de la famille. Ce n'était pas celle, bien trop nette pour être honnête, de Radio-Paris, c'était l'autre, la brouillée, celle qui, à peine audible, nous arrivait de Londres.

Oui, cette affaire de tôle était une histoire peu banale, dont chaque mois qui passait allait peu à peu nous révéler le secret. Autant le dire tout de suite, Papa s'était insurgé dès la toute première heure.

Et pourtant ! Pourtant, et c'est tout à son honneur, notre père n'avait rien, mais alors ce qui s'appelle rien, d'un bon agent secret. Il était aussi peu fait pour entrer dans la Résistance que je le suis pour pénétrer sous la Coupole ! Il fut bon, alors qu'il fallait être vache, naïf dans un milieu où c'était suspect, crédule parmi les menteurs. Il en fallait plus pour le dégoûter ! Dès le 17 juin 1940, il rédigea, imprima, diffusa un des premiers tracts parus en France et mit ainsi volontairement le doigt dans l'engrenage de la clandestinité.

Sa bonne foi lui permit d'évoluer quelque

temps en toute liberté dans cet univers, ô combien surveillé. Pour les uns, il était inconscient, pour les autres, innocent. Ces derniers s'aperçurent un jour qu'il n'était ni l'un ni l'autre, mais tout bêtement gaulliste.

La tôle changea alors d'orthographe, mais n'anticipons pas...

En zone sud, Brive était devenue un carrefour où beaucoup allaient stationner. Le logement et le ravitaillement posèrent très vite de gros problèmes que Papa, avec l'aide d'amis, s'employa à résoudre. Il fut nommé responsable du Secours national ; cette promotion n'était pas étrangère à sa profession. Des cantines furent improvisées çà et là, les cinémas se transformèrent en camps de transit.

Pour nous, la vie suivait un cours à peu près normal. A peu près, car la maison était toujours ouverte à tous : juifs et Allemands fuyant le nazisme, Alsaciens et Lorrains apeurés, Parisiens indécis auxquels se mêlaient déjà les futurs chefs de réseau de la Résistance.

C'est au nom d'une hospitalité toute franciscaine qu'eut lieu chez nous un épisode semi-burlesque de cette drôle de guerre.

Aimez-vous les sardines à l'huile ?

En fils et petit-fils d'épicier, j'entends naturellement à l'huile d'olive. Je ne parle pas de ces prétendues sardines d'origine douteuse qui baignent dans un jus tout aussi douteux. Non, je parle des vraies sardines, aux flancs argentés, à la chair moelleuse, à l'odeur exquise ; pour ma part, je les adorais. Je me réservais généralement la dernière de l'assiette pour pouvoir éponger l'huile et la déguster à la mie de pain. Mais, depuis quelques mois, les sardines étaient devenues une denrée de luxe. Autant dire que nous en avions perdu la saveur. Or, ce jour-là, par miracle, Papa avait pu en trouver. Je les vois encore, trônant au milieu de la table dans leur odorant bain d'huile. Nous venions de chanter le bénédicité et allions tendre nos assiettes à Maman quand la porte s'ouvrit. Papa entra. Il n'était pas seul. Derrière lui, à la queue leu leu, quatre, six, huit, douze réfugiés inconnus envahirent la salle à manger.

— Levez-vous ! nous lança Papa.

Nous pressentîmes un drame, hésitâmes un court instant, puis nous obéîmes. Il y eut un épais silence et l'incroyable se réalisa. En un tournemain, nos places changèrent d'occupants, on ajouta des couverts... Les fourchettes cliquetèrent alors, les sardines disparurent, l'huile n'échappa point à la tornade et fut bue jusqu'à la dernière goutte. « Ils » ne s'en tinrent point là et dévorèrent devant nous le reste du déjeuner. J'en salive encore !

Très occupé par ses nouvelles activités, Papa se fit de plus en plus rare à la maison. Il continuait ses visites aux agents commerciaux de la région mais contactait par la même occasion une clientèle qui n'avait rien à voir avec l'épicerie.

Il s'était offert une petite moto rouge, plus économique que la Citroën familiale. Ses déplacements, même avec quarante ans de recul, me plongent encore dans une perplexité sans bornes. Je pense qu'on ne rendra jamais assez hommage à l'anonyme représentant qui réussit le tour de force de faire acheter une moto à Papa. Sans doute ce vendeur ignora-t-il toujours qu'il avait ainsi réalisé la meilleure affaire de sa carrière. Ce fut sûrement bien plus calé que de vendre un sèche-cheveux à un chauve. Le mystère demeure entier quant aux arguments qu'il employa pour convaincre notre père. Sans doute présenta-t-il le véhicule comme un vélo amélioré. En tout cas, il est certain qu'il ne s'attarda pas sur la présence du moteur ; s'il en avait parlé, il aurait perdu la vente... De son côté, Papa fit le coup du mépris à ce fameux moteur. Et pourtant, l'engin roula ! C'était une mécanique de très bonne composition...

Pour Papa, le principe même de la panne était rigoureusement inconcevable. Car, dans l'hypothèse la plus pessimiste d'un arrêt du moteur, la seule solution possible à ses yeux était de s'en remettre aux bons soins de la Providence. L'unique « réparation » dont il se sentait capable en cas d'arrêt importun était de dévisser, à tout hasard, le bouchon du réservoir. Ses capacités n'allèrent jamais plus loin. Peu de temps auparavant, un jour qu'un pneu de la Citroën avait crevé, entre Tulle et Brive, Papa avait tout bonnement abandonné la voiture au bord de la route et était parti à pied à la recherche d'un dépanneur. Et malgré cela, elle roulait la petite moto rouge ! Ça tenait du miracle.

Papa s'absentait donc plus souvent qu'avant-guerre. Nos trois sœurs, pas folles, en profitèrent largement pour mettre en application les enseignements qu'elles recevaient au sein du guidisme. Bernard, Yves et moi vîmes fleurir les corvées diverses, les tours de rôle, les B.A. « spontanées ». Bref, on nous exhorta à ressentir concrètement, en bons louveteaux que nous étions, l'exaltation que procurent le travail en général et la vaisselle en particulier. Il n'est pas utile de préciser tout de suite que nous opposâmes à nos sœurs une résistance astucieuse. Il ne s'agissait pas de refuser quoi que ce fût, oh non ! C'était plus subtil. Il fallait donner l'impression que ce n'était jamais notre tour. Bernard excellait dans cet art. Il jouait à la perfection le perpétuel innocent ignominieusement accusé.

A l'entendre, il avait toujours essuyé la vaisselle la veille. Il s'en chargerait sûrement, et avec joie, le lendemain. Mais vouloir lui imposer la corvée une fois de plus relevait du scandale ! Il était un de ces fins débrouillards qui s'attirent l'indulgence des jurés, les excuses de la cour et les applaudissements du public.

Yves et moi, nous nous retrouvions donc faits comme des rats. Nous nous entendions heureusement comme larrons en foire. Nous étions faits pour être jumeaux, d'ailleurs nous le sommes presque, à quelque quatre ans près...

Cependant, malgré nos feintes, il arrivait souvent que nos trois adjudants en jupon nous surprennent en flagrant délit de fainéantise, comme elles disaient. Elles s'inspiraient, en appartement, des ruses que Baden-Powell préconise pour la chasse au tigre. Alors, le combat s'engageait. Verbal au début, il s'achevait neuf fois sur dix par quelques claques fraternellement distribuées au nom du « Qui aime bien châtie bien ». Toute échappatoire se révélait dès lors impossible. Il ne nous restait plus qu'à prendre le chemin de la cuisine en braillant comme des ânes. Je dois à la vérité de dire qu'Yves battait tous les records en intensité ; il possédait un coffre étonnant.

A l'approche de Noël, la discipline revêtait une forme particulière. Le règlement intérieur prévoyait en effet un système de notation qui entrait en vigueur le premier dimanche de l'Avent. Chaque soir, après la prière en commun, Maman inscrivait sur une grande feuille, épinglée au-dessus de son secrétaire, la note que nous avions méritée pour notre conduite de la journée. Les 10 étaient rares, les 6 plus fréquents. Quant aux zéros, il y en avait parfois. Nous nous risquions à les transformer subrepticement en 6 car, la veille de Noël, à l'heure des comptes, malheur à celui qui totalisait cinq zéros ! Il devait s'attendre à ne rien trouver le lendemain matin dans ses souliers. Il faut cependant dire qu'il y eut toujours des arrangements avec le ciel. Par contre, celui qui présentait le meilleur résultat était assuré d'un cadeau supplémentaire. Aux pires années de pénurie, cette disposition allait se révéler comme la meilleure incitation à la sagesse. Les filles, elles, renonçaient pour un temps à la manière forte et usaient, pour se faire obéir, du chantage à la note. Système peu glorieux mais, pour nous, bien préférable aux baffes !

3

Nous étions en zone libre, la guerre nous toucha peu dans ses débuts, mis à part les restrictions alimentaires. Les clients de Papa se firent plus nombreux ; nous en conclûmes aussitôt que les affaires marchaient bien. Chose curieuse pourtant, les visiteurs se glissaient de préférence chez nous à la tombée de la nuit. Certains avaient de belles têtes de truands, mais il ne nous vint pas tout de suite à l'idée qu'ils venaient s'entretenir de questions sans aucun rapport avec les haricots secs, les lentilles ou les nouilles. Je fis, par hasard, à cette époque, une trouvaille qui m'intrigua. Je découvris une grosse boule de mastic dans l'armoire de Maman ; ce n'était pourtant pas sa place ! Maman ayant le sens de l'ordre, ce devait être une erreur de sa part ou, plus vraisemblablement, une farce de Bernard. Dans ce cas-là, ce n'était pas très malin, car le mastic, chacun le sait, ça tache. J'étais très loin de me douter que le plastic ressemble à du mastic...

Quant à Papa, nous le savons maintenant, ses connaissances en pyrotechnie s'étendaient au moins aussi loin que sa science en mécanique... Il lui suffisait de savoir qu'il y a une analogie entre le plastic et le moteur à quatre temps : tous les deux explosent et peu importe comment ! Dieu soit loué, sa tâche ne fut jamais d'opérer le coup de main. Il l'eût pourtant fait en cas de nécessité. Reste à savoir, dans une telle éventualité, comment se serait comportée la charge d'explosif. Il y a fort à parier qu'elle n'aurait jamais eu le temps de remplir son véritable rôle : on ne peut pas être et avoir été ! Le plastic n'agit qu'une fois...

Ne pensez pas pour autant que Papa se contentait de donner des ordres. Non, à l'exemple des maréchaux d'Empire caracolant à la tête de leurs troupes, il lui arriva maintes fois de participer aux expéditions punitives et nocturnes. Il y allait comme soutien moral car tous ses amis savaient parfaitement qu'il n'avait rien d'un artificier. Ces aventures n'affectaient pas ses habitudes. Ainsi, le jour de la Fête-Dieu, quelques heures après avoir assisté à la volatilisation de la boîte aux lettres d'un pétainiste notoire (simple avertissement...), Papa participa, comme chaque année, à la procession du saint sacrement. Il portait l'une des hampes du dais. Derrière lui, remplissant le même office, marchaient ses deux complices de la nuit et, à ses côtés, furieux, jurant s'il l'avait pu, la victime gémissait en sourdine entre deux cantiques :

— Ah ! mon pauvre Edmond, vous n'imaginerez jamais ce que ces salauds m'ont fait !

— Hosa-aa-na ! chantait Papa.

Et l'autre insistait :

— Et prenez garde ! Ils vous feront le même coup ! Ils auraient pu me tuer, ils ont mis une bombe dans ma boîte aux lettres !

— Pas possible ? souffla Papa, c'est une honte, il faut porter plainte...

Et il chanta de plus belle pour faire taire le geignard et étouffer surtout les gloussements des deux compères.

Papa vécut en ces temps-là une scène dont il se souvint toujours. Il est avant tout indispensable de savoir que Papa vouait à Péguy une admiration sans bornes. Pour tout dire, il ne goûtait pleinement la dégustation d'un gigot aux haricots que s'il l'accompagnait de vers finement choisis, dans le genre :

Etoile de la mer voici la lourde nappe
Et la profonde houle et l'océan des blés
Et la mouvante écume et nos greniers comblés
Voici notre regard sur cette immense chape...

C'est là, on en conviendra, une manie qui ne dérangeait personne. Bien sûr, il n'y avait pas de gigot à cette époque, aussi Papa se rattrapait-il sur Péguy. Il en était à ce point imprégné qu'il sortit candidement :

Comme elle avait gardé les moutons à Nanterre
On la mit à garder un bien autre troupeau...

A la place de :

Cette faucille d'or dans le champ des étoiles...

Vous me direz que ça n'a aucun rapport et vous aurez raison. Le chef de maquis que Papa contacta eut la même opinion. Certes, la confusion n'est pas grave en soi, mais elle peut le devenir lorsque la citation d'Hugo tient lieu de mot de passe...
— C'est tout ? demanda l'autre à la fin de la tirade.
C'était un bon paysan, il se méfiait, sa fonction le lui imposait.
— Non, ce n'est pas tout ! dit Papa sans prendre garde qu'un des comparses de son

interlocuteur quittait la pièce, et il récita une partie du poème.

L'autre opina, Papa se méprit puis se lança dans une nouvelle déclamation :

*Nous avons gouverné de si vastes royaumes
O régente des rois et des gouvernements...*

Il se trouvait dans une ferme isolée de la haute Corrèze. Bien que tout absorbé par ses citations, il fut quand même intrigué par des bruits mats venant de l'extérieur. Le poème achevé, le paysan se mit alors à parler longuement de la pluie et du beau temps. Papa finit par s'impatienter. Il était venu dans un but précis et attendait que son hôte en arrive aux faits. Dehors, les bruits persistaient.

L'homme s'approchant de la fenêtre contempla pensivement la nuit puis, se tournant vers Papa :

— Venez voir un peu toutes ces étoiles...
— Ça y est ! hurla Papa et il lança fièrement :

*Quel Dieu, quel moissonneur de l'éternel été,
Avait en s'en allant, négligemment jeté
Cette faucille d'or dans le champ des étoiles.*

On ne lui en demandait pas tant !
— Ben, j'aime mieux ça, dit l'homme en soupirant, j'm'en vais quand même leur dire d'arrêter... Parce que, voyez-vous, on se méfiait de vous avec votre histoire de moutons, alors...

Il ouvrit la fenêtre, jeta quelques mots en patois puis, revenant vers Papa :

— Faut comprendre, hein, j'leur avais dit de creuser votre tombe. Venez voir, sont pas feignants, nos gars, y'a même la place pour votre moto...

4

UN matin de février 1942, trois hommes sonnèrent chez nous, rue Champanatier. Ils restèrent un long moment dans le bureau de Papa puis entreprirent avec lui une visite de toutes les pièces de la maison, avant de l'emmener au commissariat. Nous apprîmes par nos sœurs que c'étaient des policiers. Cela nous laissa perplexes. Papa n'avait rien à se reprocher, c'était évident ! Le voir encadré de policiers nous scandalisa profondément et renforça du même coup notre opposition au maréchal.

On dira que nous étions bien jeunes pour avoir des opinions politiques. L'explication est facile : depuis des mois, la politique et la guerre occupaient chez nous les trois quarts de la conversation. Nous savions que Pétain était un vendu, que seul de Gaulle valait quelque chose, que les Anglais luttaient pour nous libérer. A l'école, nous professions ouvertement un gaullisme effréné. Pour moi, par exemple, nos ancêtres ne s'appelaient pas les Gaulois, mais les gaullistes.

Papa fut relâché dans l'après-midi. A nos yeux, c'était normal puisqu'il se rangeait parmi les « bons ». En réalité, on n'avait pas réussi à prouver qu'il menait dans l'ombre une action terroriste. Sa bonne foi fut donc reconnue. Il avait d'ailleurs pu aisément démontrer qu'il appliquait à la lettre les trois préceptes de l'heure.

Il était surchargé de Travail, élevait une Famille nombreuse et vouait à la Patrie un véritable culte. Néanmoins, l'alerte avait été chaude et l'on nous recommanda d'être moins bavards au-dehors. On nous présenta la chose avec un rien de mystère qui nous éblouit. Désormais, nous étions dans la confidence, nous devenions des complices, on nous faisait confiance. C'était plus qu'il n'en fallait pour assurer notre discrétion.

Mais, tout de même, cette arrestation manquée appelait des représailles. Elles furent sans pitié. Quelque temps auparavant, histoire de s'amuser un peu, mais aussi peut-être de donner le change, Papa avait rapporté une statuette en plâtre peint du maréchal, un de ces santons qui garnissaient alors les vitrines. Tout le monde avait poussé des hauts cris en se promettant bien de faire disparaître à la première occasion cette tête qui ne nous revenait pas. Le jugement fut décidé. Il fut sans appel, aucun de nous n'ayant consenti à assurer la défense du coupable. La sentence ne surprit personne : le condamné serait décapité sur-le-champ. Ce qui fut fait. Avec le plus grand sérieux, dans un silence glacial, la tête aux joues roses fut décollée des épaules. La dépouille fut ensuite portée jusqu'au fond du jardin où l'on creusa une fosse hâtive. Pétain chuta dans les gravats. Nous consommâmes allégrement ce sacrilège en sautant de joie sur la tombe, pour bien tasser la terre. Nous clôturâmes la cérémonie en entonnant un tonitruant *God save the King*. Ce crime de lèse-majesté nous laissait cependant sur notre faim. Nous regrettions de ne pouvoir immoler de la même manière toutes les effigies du vieillard que de nombreuses maisons brivistes vénéraient sans pudeur. Certains voisins se livraient béatement au culte de l'ancêtre. A la boutonnière de l'un fleurissait la francisque. Sous la plume d'un autre jaillissaient des odes délirantes au maréchal. Un tel faisait refaire la hotte de sa cheminée pour pouvoir y plaquer l'emblème de Pétain et la devise : Travail, Famille, Patrie.

Faute de pouvoir assainir toute la ville, nous nous rattrapâmes à l'école. Dans tous les établissements scolaires, chaque classe s'ornait d'une photo en couleurs (et quelles couleurs !) du « Sauveur ».

Dans notre école, son portrait voisinait avec celui du Sacré-Cœur. Matin et soir, nous devions réciter la prière devant ces deux tableaux. Certains de nos maîtres déploraient secrètement cette hérésie mais nous y associaient malgré tout pour obéir aux ordres. Aussi apaisaient-ils leur conscience quand, certains jours, la figure du maréchal se vérolait sous un tir nourri de boulettes de buvard mâché. De même faisaient-ils la sourde oreille lorsque des paroles séditieuses couvraient le refrain de l'hymne obligatoire :

— Maréchal, ôte-toi de là...

Ou du cantique au Sacré-Cœur :

— Sauve, sauve la France du joug de l'oppresseur...

Papa ne mesurait pas toute l'étendue de nos menées activistes, c'était mieux ainsi. Il tentait de couvrir les siennes en affichant vis-à-vis de l'ordre établi une neutralité de bon ton.

Il ne faudrait cependant pas croire que nous passions nos journées à préparer quelques nouveaux exploits propres à alimenter notre « Résistance ». A vrai dire, notre vie avait relativement peu changé et les coutumes d'avant-guerre se perpétuaient dans la mesure du possible. Maman, je l'ai déjà dit, tenait de son père le goût de la musique. Elle jouait du piano avec un talent certain et en mesure, ce qui est à proprement parler inouï quand on connaît son horreur des chiffres. Elle aimait aussi chanter des mélodies romantiques et, comme elle possédait une voix agréable, elle ne se faisait jamais prier pour donner un récital lorsque des amis venaient passer la soirée à la maison. Parfois, il nous était permis d'assister à ces concerts et nous avions alors le droit de pénétrer dans le salon, ce sanctuaire interdit. On faisait cercle autour du piano, les invités assis sur les fauteuils en faux Louis XVI et nous sur le tapis où nous ne tardions pas à nous endormir, bercés par quelque lied de Schubert. Mais, le plus souvent, Papa somnolait avant nous et sombrait tout d'un coup dans le plus profond sommeil. Personne n'osait d'abord le réveiller mais, lorsque ses ronflements commençaient à couvrir le bruit du piano, Maman s'interrompait net. Immanquablement, Papa en faisait autant, ouvrait un œil vague et bredouillait :

— Pourquoi t'arrêtes-tu ? J'adore ce morceau...

— Mais tu ronfles, mon pauvre Edmond ! Tu ferais mieux d'aller au lit !

— Comment ? Je ronfle, moi ? Ah, ça !

Et il interrogeait chacun du regard. On souriait poliment, Papa se levait et prenait congé en s'excusant. Nous en profitions pour regagner nos chambres. L'entracte terminé, Maman se remettait au piano devant ses invités dont je n'ai jamais compris s'ils écoutaient par plaisir ou par politesse. Disons qu'ils accomplissaient un rite.

C'est aussi par tradition que, comme dans la plupart des familles — pour peu qu'il s'y trouvât un père ou une mère musicien —, nous avions dû apprendre à jouer d'un instrument. Doués ou pas, il n'avait pas été question pour nous de regimber. Pierre, Annette et Françoise avaient « choisi » le piano, Jacqueline, Bernard et Yves le violon, moi, le piano. On m'avait fait sentir sans détour que mon attirance pour l'accordéon n'était pas du tout dans le ton...

Donc, chaque mercredi à la sortie de l'école, nous allions retrouver le vieux professeur de musique, M. Barrère, avec sa moustache en bataille, son haleine à l'odeur d'ail, son salon qui sentait le chat et le moisi et sa baguette qui, si souvent, nous tombait sur les doigts avec la régularité du métronome.

Pour se rendre chez lui, Maman nous avait recommandé de suivre un itinéraire judicieusement établi dans le seul dessein, semblait-il, d'éviter une certaine rue. Pour nous, ce tracé avait l'inconvénient d'être très long. Nous devions faire un détour dont les méandres nous semblaient aberrants. C'est au nom de la géométrie (la plus courte distance d'un point à un autre...) que nous avions décidé de suivre le parcours de notre choix ; il passait par cette fameuse rue. Bon, et alors, qu'avait-elle de particulier, cette rue ? Rien, absolument rien ! Au contraire, puisqu'en son centre s'élevait une très belle maison à deux étages. Elle nous plaisait beaucoup. Ses volets verts, toujours clos, la rendaient un peu mystérieuse. Etait-elle habitée ? Oui, sans aucun doute, car la lanterne rouge qui se balançait au-dessus de la porte s'allumait à la tombée du jour... De plus, nous apercevions parfois des silhouettes féminines lorsque, nous piquant d'audace, nous jetions un coup d'œil à travers les vitraux de l'entrée.

Un événement nous fit cependant rentrer dans le droit chemin, si l'on peut dire, lorsque, quelques mois plus tard, nous vîmes un jour une douzaine d'Allemands, en bon ordre de marche, s'engouffrer dans la belle maison.

Tout s'éclaira pour nous. A n'en pas douter, cette bâtisse devait être quelque chose comme une kommandantur et les dames qui vivaient là n'étaient autres que les secrétaires...

La belle maison aux volets verts éteignit sa lanterne et ferma sa porte en 1946, après le vote de la loi du 13 avril.

Nous ne fîmes, bien sûr, pas le rapprochement.

5

Papa recevait vraiment de drôles de types. Les dévoreurs de sardines, eux, au moins et malgré leur appétit, étaient à peu près présentables. En revanche, il arriva, un beau matin, un authentique vagabond qui évita de justesse le balai menaçant de Thérèse, notre femme de ménage. L'homme était sale, dépenaillé, puant. Il possédait, pour tout bagage, une informe musette dont la lanière pisseuse s'effilochait sur toute sa longueur. Si ce minable parvint à entrer chez nous, cela fut sans doute dû à son étonnante connaissance des lieux.

J'avoue qu'il m'effraya ; mieux, il me paralysa. Ce fut sa chance. En effet, si mes réflexes avaient joué, j'aurais couru d'un trait chercher Joachim, notre brave jardinier. J'ouvre ici une parenthèse pour dire que ce jardinier n'était autre qu'un très sérieux colonel de l'armée rouge espagnole. Papa l'avait hébergé peu de temps avant la guerre. Depuis, notre colonel attendait avec optimisme, en bêchant les plates-bandes, la chute de Franco. Son accent était terrible et le canif de trente centimètres avec lequel il se curait les ongles et les dents ne l'était pas moins. En somme, c'était un homme en qui on pouvait avoir confiance. Je l'aurais donc appelé si l'autre affreux clochard ne m'avait tant pétrifié. Je me fis tout petit dans un coin de la pièce et attendis la catastrophe.

Je fus soudain horrifié au-delà de ce qui est permis en l'entendant appeler Papa par son prénom. Hé quoi ! De quel droit ce miteux se permettait-il de claironner Edmond ? Monsieur Edmond, passe encore, mais Edmond tout court ! L'outrecuidance de cette familiarité me scandalisa. Thérèse fut aussi stupéfaite que moi et je vois encore sa tête lorsque Papa tomba dans les bras de l'inconnu. C'était vraiment le monde renversé ! Papa ne devait pas se rendre compte à qui il avait affaire ! Pourtant, il semblait ravi, parlait de maison grande ouverte, de bain chaud, de place à notre table, mieux, il remerciait l'autre d'être là !

Puis il m'aperçut et, comble de l'horreur, il m'invita à venir faire une bise au Père. Quoi ? Quel Père ? Pour moi, les Pères étaient inséparables de la soutane ou de la robe. Les curés crasseux, en bleu de chauffe ou blouson noir n'existaient pas encore, les curés ressemblaient à des curés et non à des repris de justice, comme c'était le cas pour cette épave.

— Allons, viens vite dire bonjour au Père, insista Papa.

Et je dus m'exécuter car, en dépit des apparences, notre visiteur était bien un très respectable dominicain. Rescapé de je ne sais où, après mille et une péripéties, il atterrissait enfin chez nous et ne cachait pas sa joie. Je dois dire qu'il ne me convainquit pleinement de sa fonction qu'après s'être remis en « uniforme ».

A cette époque, l'habit faisait encore partie du moine.

Je conserve un curieux souvenir de l'entrée des Allemands à Brive. Jusque-là, c'est-à-dire jusqu'en novembre 1942, nous parlions des Allemands comme des gens à abattre, sans toutefois savoir à quoi ils ressemblaient. A mes yeux, le mot « boches » était synonyme de guerriers effrayants qui pillaient tout, ne respectaient rien. Je me les représentais un peu semblables à ces Huns redoutables qui étalaient leurs carnages sur l'une des pages d'un des livres d'histoire de la bibliothèque. J'ai encore cette planche en mémoire. On y voit des petits hommes grimaçants en train de vider une belle villa gallo-romaine. Autour de la maison, parmi les débris épars et les coffres fracturés, gisent les habitants massacrés. Dans un coin, deux ou trois jeunes femmes à genoux, pleurent et attendent. Je me demandais, à cette époque, pourquoi ces femmes restaient là et surtout pourquoi elles étaient dépoitraillées jusqu'à la taille. C'était une question sans réponse, un mystère de plus. Bref, rajoutant des casques fantaisistes sur ces lascars aux yeux bridés, j'en avais fait des Allemands. Le jour où nous apprîmes que les envahisseurs étaient aux portes de la ville, nous en fûmes presque contents, nous allions enfin savoir ! Brive a eu chaud, ce jour-là ! Le 11 Novembre est une fête nationale et, guerre ou pas, il aurait fait beau voir qu'aucun patriote n'aille au monument aux morts pour déposer une gerbe. Naturellement, toute manifestation était interdite : c'est sans doute pour cela que Papa et quelques compères décidèrent de marquer le coup. Ils défileraient, envers et contre tous, et pour faire bonne mesure, au diable l'avarice, ils chanteraient une bonne vieille *Marseillaise* devant les poilus en bronze du monument aux morts.

La synchronisation fut parfaite, le hasard fait bien les choses. La ferraillante légion de guerriers vert-de-gris déboucha sur la place alors qu'éclatait l'hymne national. Les Brivistes, massés sur les trottoirs, devinrent hargneux. Des quolibets jaillirent, des poings se tendirent.

— Aux armes, citoyens, formez vos bataillons !

On était en pleine provocation. Soudain, une de nos amies dont le moins qu'on puisse dire est qu'elle n'avait pas froid aux yeux quitta les rangs des badauds et se précipita vers un side-car.

L'homme avait arrêté sa machine en attendant que l'embouteillage créé par la manifestation se dissipe. Il ne cachait pas sa joie d'être enfin là, au terme de son voyage, il en avait sans doute plein les bottes des routes tortueuses du Limousin. Je vois encore le sourire qu'il dédia à notre amie.

« Allons, songea-t-il sans doute, voilà une belle qui va me faire le baiser d'accueil. »

Ah ! oui, mon brave, on va te la faire la bise ! Tu vas l'avoir le baiser de paix... Il reçut en guise de cajolerie un formidable coup de poing en pleine face qui l'envoya s'asseoir sur les genoux de son passager, pendant que notre amie se perdait parmi les spectateurs aussi médusés que la victime. C'est ainsi que nous avons reçu les Allemands à Brive-la-Gaillarde.

Mais j'étais gosse et déjà allergique à la foule. Je fus pris de panique et me mis à hurler à pleins poumons. J'ai eu peur, oui, très peur. Il paraît même que j'étais inconsolable, enfin jusqu'à un certain point. Les fluctuations de la marée humaine nous ayant poussés devant le bureau du Secours national, Maman y entra. Elle connaissait tout le monde là-dedans et ce tout le monde, en me voyant en pleurs, m'offrit sur-le-champ quelques carrés de chocolat. A cette époque, on disait des billes de chocolat et si cette appellation me semblait impropre, car ces billes n'étaient pas rondes, je n'en appréciais pas moins leur composant. Du chocolat en pleine guerre et un jour d'invasion, c'est un souvenir qui marque.

L'occupation de la zone sud compliqua beaucoup le travail clandestin de Papa. Pour nous, l'arrivée de l'ennemi se concrétisa par la réquisition de notre école. Les Allemands firent vider les dortoirs et l'on renvoya les internes dans leurs familles. La plupart habitaient fort loin, on ne les revit plus jusqu'à la fin de la guerre. Nous n'eûmes pas cette chance et dûmes supporter la loi de l'envahisseur.

Chaque jour, en franchissant la porte de l'établissement, nous devions nous faufiler entre deux sentinelles casquées et bottées, grenades à manche dans la ceinture et mitraillette à l'épaule. Notre passage s'effectuait dans la plus parfaite dignité, sans jamais nous permettre le moindre signe de curiosité. Et pourtant ! Côtoyer des soldats, de vrais soldats en armes, quelle aubaine pour des enfants ! Mais, que diable, nous avions des principes ! Nous affichions notre mépris par une indifférence totale. Cette résistance passive était cependant mise à rude épreuve, chaque dimanche matin, quand nous assistions à la messe célébrée dans la chapelle. Ce jour-là, les occupants organisaient une sorte de revue de matériel et alignaient dans la cour d'honneur deux ou trois panzers encadrés d'automitrailleuses. Mettez-vous à notre place. Pouvoir s'approcher de tanks, les détailler, les toucher, la tentation était terrible ! Mais il nous suffisait, pour l'écarter, de lever les yeux vers la croix gammée qui flottait au sommet de l'école.

J'ignore si tous les élèves éprouvaient un sentiment analogue au nôtre, toujours est-il que la disparition des chahuts coïncida avec l'installation des Allemands. Fut-ce par peur ou par orgueil ? Les deux, sans doute. Quoi qu'il en soit, nous finîmes par ne plus nous étonner de cette étrange cohabitation. Pas même lorsque les nouveaux locataires s'entraînèrent à la mitrailleuse sur un avion en miniature évoluant sur un câble tendu dans l'une des cours ; ni quand ils abattirent un cochon à coups de parabellum et le dépecèrent sous nos yeux, dans l'étude des « grands » transformée en cuisine ; ni même lorsqu'ils s'adjoignirent, pour les servir, deux opulentes Teutonnes dont les rires grasseyants troublèrent souvent nos leçons.

Non, rien ne nous étonna plus. Cependant, la présence de l'ennemi, l'étalage de sa puissance et — on vient de le voir — de sa vulgarité, eurent pour conséquence immédiate de resserrer encore davantage les liens entre résistants. Nos sœurs filtrèrent sans pitié leurs camarades de classe ou des guides. Elles trièrent, classèrent, firent une véritable épuration. D'un côté, les bonnes, c'est-à-dire les gaullistes, et elles étaient très rares, de l'autre, le reste, le tout-venant. Ce classement déteignit sur mes frères et sur moi, nous en vînmes nous aussi au partage des copains ; comme nous étions plus libéraux et tolérants que nos sœurs, l'éventail de nos relations resta beaucoup plus vaste. A vrai dire, point n'était besoin de sortir de chez nous pour dialoguer avec le monde extérieur. La maison voyait passer presque autant de réfugiés qu'aux plus sombres jours de la débâcle. Tous ces gens mettaient beaucoup d'animation et la narration de leurs aventures suffisait à remplir nos soirées.

J'étais encore très jeune et je n'arrivais pas à saisir pourquoi certains inconnus, que l'on appelait juifs, devaient coûte que coûte se cacher. Nous les hébergions avec le plus de discrétion possible, ce qui ne les empêchait pas d'avoir toujours l'air apeuré. Je ne comprenais pas, je l'avoue, comment les adultes pouvaient dire sans se tromper et en baissant la voix : Ce sont des juifs... ou bien : Ce sont des Alsaciens ou des Lorrains... Sur quoi se fondaient-ils, d'où leur venait cette sûreté dans le jugement ? On m'avait cependant dit, pour tenter de m'expliquer la différence entre les catholiques et les juifs, que ces derniers n'étaient pas baptisés comme nous. J'en déduisis sommairement que c'était là un problème minime auquel il était très facile de remédier.

Je partageais à l'école mon pupitre avec une jeune brunette dont je n'ai sans doute jamais su le nom. Elle m'avoua un jour, allez savoir pourquoi, qu'elle était juive. Juive ? qu'à cela ne tienne ! J'avais ma petite idée sur la question, aussi fus-je fort vexé devant le refus catégorique qu'elle m'opposa lorsque je lui proposai de la baptiser séance tenante sous le robinet de la cour. Fort de mes notions de catéchisme, je tentai, en vain, de la convaincre. Un peu d'eau sur la tête, la formule rituelle et on n'en parlait plus, elle n'était plus juive. Grâce à cette conversion, elle changerait définitivement de nationalité et n'aurait plus besoin de se cacher ! Eh bien ! allez rendre service aux gens ! C'est tout juste si elle ne fit pas un scandale lorsque j'essayai de vaincre par la force son inexplicable veto. Elle tint bon et je me fis, in petto, le serment de ne plus essayer de baptiser les juifs.

Il défila donc beaucoup de monde chez nous. Une famille laissa même plusieurs grosses malles à notre garde. Nos parents entassèrent tout cela à la cave et il fut entendu qu'il nous serait rigoureusement interdit d'y toucher. Mes frères et moi ne parlâmes plus de cet amoncellement de bagages que comme des « affaires de Stéphane ». Pourquoi Stéphane ? Simplement parce que dans cette famille traquée il y avait un garçon de notre âge répondant à ce prénom. Nous ne dérangeâmes jamais les affaires de Stéphane, Dieu sait pourtant si la tentation fut forte. Nous allions rêver dans ce coin de cave. Qu'y avait-il dans ces caisses ? Dans notre imagination nous y découvrions tout ce qu'il nous était impossible d'avoir. Chacun de nous y voyait le jouet de ses rêves : le train électrique, l'auto à pédales, les soldats de plomb, les livres prestigieux, que sais-je encore ! Les parents de Stéphane ne revinrent jamais chercher leurs malles ; elles restèrent au moins quinze ans au fond de notre cave et je crois savoir qu'elles ne contenaient que du linge. Qu'importe de le savoir après coup ! Pour nous, et pendant longtemps, ce coin obscur recela les affaires de Stéphane et fut auréolé non pas de toiles d'araignées, mais d'un mystère délicieux et sacré.

6

L'HIVER 1942 arriva et les restrictions alimentaires devinrent permanentes. Il fallait d'ailleurs que nous ayons faim pour que germe chez Bernard, Yves et moi un projet aussi dangereux qu'insensé. Mais la faim fait sortir le loup du bois...

Attenant à notre maison se dressait le dépôt et, là, il y avait des vivres. Enfin, je me comprends : à cette époque, Papa ne possédait pas grand-chose à vendre. Quelques sacs de lentilles ou de haricots secs et des boîtes de je ne sais trop quelles conserves. Malgré tout, j'aimais hanter ces lieux. Bien entendu, je ne pouvais me le permettre que lorsque Papa s'y trouvait car, en temps normal, le bâtiment était fermé à clé. Je me vois encore rôdant, l'air innocent. Fouine, mon ami, ça peut toujours servir...

Et le miracle arriva ! Je découvris un jour, dans l'un des angles, quelques sacs de sucre cristallisé, et puis, presque invisibles, recouvertes par des emballages vides, plusieurs caisses de biscuits de soldat. Oh, merveille, quel trésor !

Les rongeurs ayant percé un ballot de sucre, j'y plongeai les doigts et m'empiffrai sans vergogne de ce produit crissant qui sentait la poussière et l'urine de souris mais que je jugeai succulent. Je glissai ensuite quelques biscuits au fond de mes poches, puis courus d'un trait prévenir mes frères. Las, à notre retour, le dépôt était clos et la clé, indispensable, avait rejoint sa place. Position imprenable car le casier où Papa déposait ses clés se trouvait juste derrière une des dactylos du bureau. Malgré tout, malgré les invraisemblables obstacles qui nous attendaient, le projet germa en nous. Qui monta le scénario ? Je l'ignore ; sans doute l'échafaudâmes-nous à trois. Oh, c'était risqué ! Mieux valait ne pas songer à la catastrophe que déclencherait la découverte de notre plan... Papa ne badinait pas avec ce genre de choses, la raclée nous attendait si par malheur nous étions pris. Oui, mais, de l'autre côté, il y avait le sucre et les biscuits... Ceux que j'avais rapportés étaient si bons ! Un peu durs peut-être, mais baste ! Alors ? Alors, pas d'hésitation.

Yves, très doué dans le genre comédien, avait une façon bien à lui de faire l'andouille qui suscitait les rires. C'était une de ses spécialités. Celle de Bernard était d'un autre genre ; l'air benoît, gentil, aimable, il dispensait ce je ne sais quoi qui détourne l'attention. On le délégua donc chez Papa avec mission de l'occuper. Yves commença ses pitreries devant les deux dactylos. De mon côté, mine de rien, riant haut, j'effectuai une belle mais prudente progression. Deux pas en avant, un en arrière et la clé fut dans ma poche. Je sortis sans plus attendre. Bernard et Yves me rejoignirent peu après et nous passâmes au deuxième acte de la manœuvre : phase délicate. On accédait au dépôt par un escalier extérieur, autant dire que le fait d'être sur ses marches vous transformait en point de mire ! Nous feignîmes de jouer et de nous poursuivre et atteignîmes ainsi la porte. La serrure grinça...

Nous pénétrâmes dans la pièce comme dans

un gigantesque tabernacle. Le souffle court, conscients de notre sacrilège. Et puis, au diable les remords ! A nous le sucre et les biscuits !

Les souris firent quelques dégâts, ce jour-là...

Le système étant bon, nous devînmes d'incurables récidivistes jusqu'au jour où le stock de sucre et de biscuits fut chargé sur un chariot et réparti entre diverses boutiques.

Le dépôt devint alors sans intérêt, il n'y avait plus rien de mangeable à piller.

7

Bernard attrapa les oreillons à l'école. La solidarité jouant, il s'empressa de partager cette maladie avec nous. Maman décida que c'était beaucoup plus pratique comme ça et nous boucla tous les trois dans notre chambre. Bien que fille de médecin, Maman n'a jamais cru aux microbes ; quant aux médicaments, elle s'en méfie.

Mis à part l'huile de foie de morue, le Peptofer et la Phytine-Ciba (publicité gratuite), je ne vois rien de plus dans la pharmacie familiale de l'époque. Pourtant si : il y avait également des cataplasmes, mais ces emplâtres sont plus proches des condiments que des médicaments. D'ailleurs, Maman n'a jamais su les poser. Tantôt elle les prenait à l'envers et s'enduisait les doigts de moutarde, dont elle a horreur, tantôt elle les plongeait dans de l'eau trop chaude et s'ébouillantait les mains. Et puis, surtout, une fois posés sur nos poitrines, elle avait la fâcheuse manie de les y oublier. Si bien qu'en refroidissant, ils annulaient complètement leur effet et, chose plus grave, se répandaient durant la nuit au-delà des limites qui leur avaient été assignées. Je vous laisse deviner le résultat... Je ne sais plus quel est celui d'entre mes frères qui acheva de dégoûter Maman, toujours est-il qu'elle décida qu'il n'y aurait plus de cataplasmes dans la maison le jour où l'un d'eux, arrachant la compresse puante et brûlante que venait de lui poser Maman, la propulsa en direction du plafond où elle se colla !

Tout cela pour dire que c'est à l'infusion de tilleul que Maman entreprit de chasser nos oreillons. Il va de soi que bonne-maman, notre grand-mère, était scandalisée par le mépris que sa fille affichait devant les maladies. Pauvre grand-mère, elle donnait pourtant maints exemples concrets démontrant que les oreillons pouvaient être redoutables ! Elle rappelait à sa fille, qui n'en avait cure, le triste sort de tel ou tel lointain cousin chutant d'oreillons en otites, puis d'otites en mastoïdites, attrapant enfin une broncho-pneumonie, bref, devenant en quelques mois un lamentable gibier de sanatorium. Parrain, notre grand-père médecin, étant décédé en 1940, bonne-maman estimait de son devoir de le remplacer auprès de nous dans la mesure du possible.

— Font-ils de la température ? demandait-elle anxieusement.

— Mais non ! disait Maman qui se fiait exclusivement à la chaleur de nos fronts.

Chez nous, le thermomètre était un instrument banni, un truc inutile, tout juste bon à effrayer les esprits.

— Et combien font-ils ? insistait bonne-maman.

— Oh, rien : 37°5, lançait Maman avec fantaisie en établissant pour nous trois une moyenne qui lui semblait vraisemblable.

Comment voulez-vous qu'une maladie résiste devant une telle impudence ! Donc, nous avions les oreillons et nous nous portions très bien. On était en février 1943 et il faisait bien meilleur dans notre chambre que sur les bancs de l'école.

C'est vers cette époque que nous transformâmes nos lits en avions.

Ils étaient superbes ces monomoteurs. Ceux de Bernard et d'Yves étaient des divans bas, aux ailes trapues, au cockpit et au fuselage bien galbés. Quant au mien, c'était encore un lit-cage, ce qui ne l'empêchait nullement de bien voler. Dès la lumière éteinte, le ronflement des pistons bourdonnait dans la chambre. Bernard, l'aîné, devenait chef d'escadrille. Il se pinçait le nez, établissait ainsi le contact radio et nous donnait ses directives d'une voix nasillarde que nous captions dans nos mains en conques sur nos oreilles. Nous volions en impeccable formation vers de lointains objectifs. Chargés de lourdes bombes, nous pilonnions, à coups de pantoufles incendiaires, les concentrations ennemies de nos descentes de lit. Nous devions aussi, bien souvent, livrer de brutaux et implacables combats aériens. Les « autres » dégringolaient du plafond pour nous mitrailler lâchement par-derrière. Ce n'était plus alors autour de nous qu'avions chutant en flammes, barrages de D.C.A., éclairs de mitrailleuses. Nos avions frémissaient du sommier jusqu'au bout des ailes et le recul de nos mitrailleuses faisait sursauter nos oreillers.

Je regagnais rarement notre base car le sommeil me surprenait en plein vol. Je m'endormais en serrant à pleines mains des commandes aussi imaginaires qu'hétéroclites, un mélange de vrai manche à balai et de volant avec tout un tas d'accessoires genre freins de vélo. Je ne sais si Bernard et Yves s'en sortaient mieux que moi ; ce qui est certain, c'est que nous étions tous les trois fidèles au poste le soir suivant pour abattre un nombre incalculable d'ennemis.

Au petit matin, nous bénéficiions d'une faveur délicieuse. Abandonnant nos avions, nous nous précipitions tous les trois dans le grand lit de nos parents. Il était encore tiède et nous nous y prélassions malgré les réflexions vexantes de nos sœurs. Celles-ci jugeaient en effet que cette pratique peu virile nous poussait à la fainéantise. Nous n'en avions cure et nous nous engloutissions dans cette caverne de toile en riant d'aise.

Et puis le jour arriva, pas un jour comme les autres...

Il était environ sept heures du matin et Bernard, Yves et moi chahutions dans le grand lit. Papa s'apprêtait à partir pour la messe. Soudain, des pas retentirent dans le couloir. Nous nous enfouîmes sous les draps, bien décidés, comme nous le faisions toujours, à « faire peur » à celui qui allait entrer. Notre élan fut stoppé net. Au pied du lit, trois ou quatre individus en gabardine et chapeau mou entouraient un officier allemand. Papa, très pâle, se tenait près d'eux. L'officier braqua sur nous une lampe de poche.

— *Juden?* demanda-t-il en nous dévisageant.

Il était drôlement physionomiste, le gars! Si certaines familles se transmettent le nez bourbon ou le nez grec, chez nous, le nez héréditaire est du genre trompette. Il ne pleut pas dedans, non, mais pour le confondre avec un nez juif, il faut être de la Gestapo ou alors singulièrement myope!

— Ce sont les enfants, dit Papa d'une voix blanche.

La suite de la scène se perd pour moi dans une espèce de brouillard cauchemardesque. J'ai encore dans les oreilles le bruit d'une voiture démarrant et puis Bernard ou Yves me secouant (je m'étais blotti au fond du lit).

— Ils ont arrêté Papa...

Je réalisai alors peu à peu que Papa était parti. Il ne me vint bien sûr pas à l'idée qu'il nous faudrait attendre deux ans et demi pour le revoir.

Puisque ça se passait chez nous, cette arrestation n'avait pu se faire sans que vienne s'y greffer le côté burlesque. Ces messieurs de la Gestapo s'étaient tout d'abord heurtés à notre femme de ménage. Celle-ci, devinant ce que ces hommes voulaient, avait appelé la cuisinière à la rescousse. Les deux braves femmes défendirent vaillamment leurs positions. D'abord, Monsieur n'était pas là, de plus, il était exclu d'entrer avec des chaussures boueuses !

— Vous allez salir mes parquets !

Elles firent tout ce qu'elles purent mais cédèrent sous la force. On ne tenait pas en respect la Gestapo sous la simple menace d'un balai... De son côté, Maman essaya de décrocher le téléphone pour avertir la sous-préfecture. Cela lui valut de recevoir une violente bourrade et d'assister impuissante, mais pas muette pour autant, à la destruction du téléphone. Ce qui est un peu réconfortant dans tout cela, c'est de savoir que les seigneurs de l'époque se firent vertement insulter par une femme de ménage et une cuisinière en ce matin du 25 février 1943 à Brive-la-Gaillarde.

Les gens jasèrent. On avait beau être en pleine guerre, il n'était pas très décent de se faire arrêter. Certains Brivistes nous firent grise mine :

— On n'a pas idée de se lancer dans la Résistance quand on a sept gosses ! Ah, s'il avait écouté le maréchal ! Il n'avait qu'à rester à sa place ! Le voilà bien avancé maintenant, et pourquoi, je vous le demande !

Les amis et voisins furent compatissants, mais il n'en reste pas moins que nous eûmes grand besoin de la Providence pour nous aider à vivre malgré l'absence de Papa.

Maman, uniquement armée d'un optimisme étonnant, s'empara du gouvernail vacant et dirigea notre clan. Elle pilota avec l'habileté d'un vieux loup de mer, évita les tempêtes, contourna les récifs, s'arrangea toujours pour que le baromètre ne descende pas au-dessous de variable.

8

L'ARRESTATION de Papa galvanisa nos ardeurs patriotiques. J'ai dit plus haut que nous avions eu grand besoin de la Providence. Oh, oui ! Tout à fait entre nous, je dois même avouer que nous exigeâmes beaucoup d'elle...

Tenez, mettez-vous un instant à la place de l'occupant. Que feriez-vous à la vue de trois moutards effrontés qui, non contents d'avoir leur père à l'ombre, arborent en pleine ville des chandails sur lesquels le drapeau anglais et le fameux V.H.‡ se voient comme le nez entre les yeux ? C'était une idée de nos sœurs. Passe encore pour la croix de Lorraine, mais broder l'Union Jack sur un pull-over !

Les Allemands devaient être aveugles, car je vous jure qu'ils n'étaient pas discrets, nos écussons !

Nous n'en restâmes pas là... Un jour, Bernard et Yves me montrèrent en grand secret un petit paquet qu'ils venaient d'acheter au bazar. Toutes leurs économies y étaient passées, les miennes aussi d'ailleurs. C'était une imprimerie miniature : quelques tiges de bois sur lesquelles on dispose des caractères en simili-caoutchouc. Quoique très sommaire — l'encre bavait et les lettres tombaient souvent — ce matériel nous parut idéal. Bernard et Yves s'attelèrent à la tâche. Ils composèrent des textes vengeurs, sans trop se soucier de l'orthographe, et imprimèrent nos premiers tracts. C'était « pour de vrai » ! Nous dénoncions avec véhémence les agissements de l'ennemi, condamnions à la géhenne tous les « collabos », annoncions des châtiments terrifiants.

Nous semions nos écrits en nous rendant à l'école ou à nos leçons de musique sans nous douter que, semblables au Petit Poucet, nous donnions à quiconque l'aurait voulu la possibilité d'arriver droit chez nous. Le vent fut sans doute de notre côté. Et surtout, nos tracts étaient tellement petits qu'on ne devait guère y prêter attention. Jusqu'au soir où, rentrant d'une distribution dans le quartier, nous vîmes un passant ramasser un de nos papillons et le glisser furtivement dans son portefeuille. Ainsi donc, notre « Résistance » n'était pas vaine ! Nous savourâmes longtemps notre fierté, entre nous. Car naturellement nous tenions le reste de la famille à l'écart du « réseau ». Cela compliquait notre travail, mais le rendait d'autant plus excitant. L'imprimerie clandestine changeait très souvent de cachette, passant du coffre à jouets à l'armoire à linge. Nous lui trouvâmes enfin une place que nous jugeâmes épatante : le toit du clapier. Deux journaux découverts là — qu'y faisaient-ils ? — nous servirent d'emballage. L'un s'appelait *Combat*, l'autre *Témoignage chrétien*...

C'est que, de leur côté, Maman, Pierre et les trois filles se livraient à des activités autrement plus sérieuses. Je n'en parlerai pas, ils sont assez grands pour écrire eux-mêmes leurs mémoires.

Nous nous organisâmes donc sans Papa. Nos sœurs, non contentes de nous transformer en porte-écussons séditieux, s'employèrent activement à poursuivre notre éducation. Papa absent, Maman avait d'autres chats à fouetter que ses trois derniers fils. Nos sœurs pallièrent cet état de choses qu'elles jugeaient néfaste pour notre avenir. Elles avaient la main leste et les calottes pleuvaient dru parfois. A les entendre, Papa aurait agi de même s'il avait été là. Ouais... admettons. De toute façon, ça mettait de l'ambiance dans la maison.

Bernard se sortait assez bien de ce genre de dressage ; Yves braillait comme un âne ; quant à moi, il m'arrivait de m'enfermer dans le cabinet de toilette en attendant que ça se passe. Ce système ne marchait pas à tous les coups. Il nous était plus facile de nous soustraire à l'emprise des filles lorsque nous étions à la ferme. La campagne est vaste, courez mignonnes !... De plus, en dernier recours, nous nous réfugiions tout en haut des cèdres. Françoise avait le vertige et devenait donc inoffensive. Jacqueline était à peu près aussi souple qu'un verre de lampe et par là même peu dangereuse vue de haut. Quant à Annette, qui aurait pu être redoutable car elle grimpait bien, le ciel voulut qu'elle ne prît pas trop à cœur notre éducation ; elle nous laissait en paix.

Un des points délicats que Maman eut à résoudre fut celui de l'alimentation. C'est de cette période que date un principe qui lui est cher. Pour couper court aux récriminations de sa cohorte d'affamés, elle décida et nous répéta souvent :

— Il faut sortir de table en ayant faim, c'est très sain pour l'estomac et la digestion !

Bien sûr, bien sûr, mais on ne se nourrit pas uniquement de principes ! Pour améliorer notre maigre ordinaire, nous prîmes donc régulièrement le chemin de la ferme. Nous y allions à pied ou à vélo et les douze kilomètres du trajet aller et retour ne nous faisaient pas peur. Nous en revenions avec des légumes divers, quelques œufs, des fruits. C'est dans le jardin de Brive que je fis un jour une découverte inattendue. Je trouvai deux boîtes de conserve rouillées à moitié enfouies sous un gros tas d'herbes sèches. Que faisaient-elles là ? Je les dégageai et lus sur un reste d'étiquette ces mots évocateurs : Jambon Olida, 5 kilos.

Du jambon ! Doux Jésus ! Du bon gros et gras jambon d'avant-guerre, du beau jambon rose avec les striures pâles du lard ! L'eau m'en vint à la bouche. Je courus d'un trait à la maison pour y faire part de ma découverte. Hélas, j'y appris que ces deux boîtes étaient défectueuses, on les avait jetées là en attendant de les enfouir...

Ah, elles étaient mauvaises, les garces ! Ah, c'est comme ça !

Pris de colère, je m'armai d'un outil de jardin et l'abattis sur la première boîte. Le fer-blanc céda sous le coup et je vis ce maudit jambon ; c'était rageant, il y avait de quoi pleurer. Je m'apprêtais à faire de la bouillie avec cette viande pourrie lorsqu'une délicieuse odeur chatouilla mes narines. Bigre, pour empoisonné qu'il était censé être, il fleurait rudement bon ce jambon ! Pris d'un soupçon auquel je n'osais croire, je saisis la boîte défoncée ; pas possible, si ce jambon avait été aussi mauvais qu'on le prétendait, il aurait dû puer à vingt mètres à la ronde ! Au lieu de ça, un délice, un parfum envoûtant qui déclenchait la mastication. Je repartis vers la maison et battis le rappel. On fit cercle autour de ma découverte.

Pierre, qui s'occupait du commerce depuis l'arrestation de Papa, nous supplia de ne pas toucher à ces boîtes. Il les avait trouvées dans un coin du dépôt ; elles appartenaient à un lot, fondu depuis longtemps, et étaient de toute évidence bombées donc susceptibles de nous empoisonner. On le conspua vertement, on le traita de grand ballandar et autres douceurs. Il jura ses grands dieux que jamais il ne mangerait une seule bouchée de cette viande avariée, que nous étions fous, que nous risquions l'intoxication, l'empoisonnement, que... On ne l'écouta pas car Maman avait fini d'ouvrir la boîte.

Le jambon était là, magnifique, quoique un peu taché de terre par mon coup de houe. Il était beau et sain comme un honnête jambon d'avant-guerre. Il se révéla d'autant plus délicieux qu'il était inespéré. Je ne jurerais pas que Pierre en mangea : il a toujours été d'un naturel méfiant.

9

L'ETE 1943 nous ramena tous à la ferme. Là-haut, malgré l'absence de Papa et la guerre, la vie avait une autre saveur. Nous étions libres comme l'air et en jouissions pleinement. Une seule ombre ternissait un peu ce tableau, c'était la corvée journalière des devoirs de vacances que nos sœurs nous imposaient. Nous n'y coupions pas. Jacqueline se transformait en institutrice sans pitié et assurait à qui voulait l'entendre que nous n'arriverions jamais à rien. Il faut bien dire que nous ne faisions pas grand-chose... Les maths, qui sont déjà sans saveur en temps normal, deviennent infâmes quand une grotte préhistorique débordant de silex vous attend à un kilomètre de là! L'histoire et la géographie sont de vrais supplices lorsque les arbres croulent sous les fruits. Comme Maman défendait notre point de vue, car elle jugeait immoraux ces devoirs de vacances, nous nous sentions en position relativement forte. Malgré tout, nous n'échappions pas à cette obligation, tout au plus la rendions-nous moins pénible en faisant nos devoirs en plein air lorsqu'il faisait beau.

Il y avait aussi la corvée de jardin. Quand nous débarquions au début des vacances, le jardin était une véritable forêt vierge. Pour Bernard, Yves et moi, la prolifération des orties et du chiendent au milieu des allées ne méritait pas la moindre attention. Il en allait différemment pour Maman et nos sœurs. Maman aime l'ordre et les belles fleurs ; quant à nos sœurs, je crois qu'elles avaient une peur bleue des vipères lovées dans cette herbe folle. Il fallait donc nettoyer. Nos sœurs nous allouaient généreusement chaque jour quelques mètres d'allée que nous devions gratter jusqu'à ce que le sol soit net. Cet exercice avait au moins le mérite de nous durcir les mains et les muscles.

Malgré ces diverses occupations, il nous restait chaque jour plusieurs heures de liberté. Nous en usions largement, visitant les grottes, bâtissant des cabanes au plus profond des bois ou au sommet des gros châtaigniers. Et puis nous chassions, enfin nous jouions à la chasse. Armés de nos lance-pierres, nous cernions les buissons, traquions les merles et autres volatiles. Que les âmes sensibles se rassurent, nos victimes étaient rares et je pense que nous étions toujours plus étonnés qu'elles lorsqu'une de nos pierres faisait mouche. La pratique du lance-pierres nous était venue grâce à la fréquentation assidue du jeune berger de la ferme. C'était un garçon un peu plus âgé que Bernard et qui avait pour rôle principal de garder les vaches. Nous le rejoignions dans les prés et là, il nous faisait bâiller d'envie et d'admiration devant sa prodigieuse adresse au lance-pierres. Je le vois encore tendant les lanières de caoutchouc, la main gauche crispée sur le manche de frêne, un œil à demi fermé. La pierre sifflait en démarrant et allait fracasser un des isolateurs du plus proche poteau électrique... Le bris de ce que nous appelions des « tasses » ne manquait pas de nous causer quelques soucis. Nous savions très bien que c'était un acte passible de la raclée si une de nos sœurs apercevait le manège. Et pourtant, quelles belles cibles! A l'inverse des oiseaux, ça ne bougeait pas sans arrêt, de plus ça faisait en explosant un petit bruit fort sympathique, un son cristallin, doux aux oreilles. Notre copain le berger nous enseigna donc son art du tir. Il nous apprit également un long répertoire d'insultes et de jurons en patois et, accessoirement, la façon de traire une vache, de faire des flûtes en écorce de châtaignier, de cuire des pommes dans un four en terre glaise.

A toutes ces distractions venaient se greffer les événements indissociables de la vie d'une ferme.

Nous faisions le pain toutes les trois semaines environ. Ah, quel grand jour! Jour du pain frais et des tartes à la confiture! Emile, le domestique, pétrissait la pâte et nous étions toujours impressionnés en voyant ses gouttes de sueur chuter dans le pétrin. Il malaxait en ahanant, mais sans plaindre sa peine. Puis venait la levée, trop lente à notre goût. Pendant que la pâte fermentait et se gonflait bien au chaud sous plusieurs couvertures, nous allumions le four tout en surveillant de l'œil la préparation des tartes. Emile faisait un feu d'enfer. Enfournant à pleines fourchées les fagots de genêts, il bourrait le foyer jusqu'à la gueule puis attendait que tout fût consumé. Lorsqu'il n'y avait plus que des braises rougeoyantes, il les dégageait puis s'assurait de la bonne température à l'aide de quelques brins de paille de seigle fichés au bout d'une perche qu'il glissait dans le four. Si la paille s'enflammait spontanément, il y voyait l'indice d'une trop forte chaleur. Pour que le pain ne « crame » pas, il fallait que la paille se consume sans flamme. La pâte était alors mise à cuire et l'air changeait d'odeur. Emile fermait l'entrée du four avec un vieux couvercle de lessiveuse et nous devions prendre notre fringale en patience. Plus tard, Emile disposait les tartes à l'entrée du four. Elles cuisaient très vite et il les ressortait bouillantes, toutes dégoulinantes de confiture. Plus tard encore venait le pain. De grosses tourtes de dix à douze livres qui fumaient et brûlaient les doigts lorsqu'on les ouvrait ; du vrai pain, succulent et parfumé qui pouvait se conserver trois semaines sans durcir. Essayez donc d'en faire autant avec une baguette !

Un autre événement, d'une extrême importance à nos yeux, était le jour du battage. Nous l'attendions fébrilement en surveillant son approche grâce aux ronflements qui s'élevaient dans les fermes voisines. Le bruit s'amplifiait de jour en jour et puis, un soir, la batteuse arrivait. Il fallait voir cette caravane ! Entouré de voisins harassés et transpirants, le monstre entrait dans la cour. Tirée par deux ou trois paires de vaches, la vieille Merlin, poussiéreuse, rafistolée et brinquebalante, nous semblait magnifique. Les hommes dételaient les vaches et repartaient chercher l'énorme chaudière à vapeur. Cet engin, qui tenait de la locomotive, avait quelque chose d'effrayant, même éteint. Son ventre d'obèse, sa gueule béante et noire, ses grandes roues et poulies de fer et de fonte et sa cheminée de deux mètres de haut me maintenaient toujours à une distance respectueuse. De toute façon, l'approche de la batteuse était interdite à mes frères et à moi à cause des dangereuses courroies ou des coups de fourche involontaires des travailleurs.

Le battage commençait au petit jour. Auparavant, pour bien avertir tous les environs, le chauffeur actionnait le sifflet de la chaudière. Il faisait un bruit épouvantable, un jet de vapeur brûlante giclait en un hurlement strident et, dans les secondes qui suivaient, la grande roue d'entraînement commençait sa ronde. Les hommes étaient à leur poste ; nous regardions émerveillés. Au début, nous observions de loin ; puis, peu à peu, nous nous hasardions à rendre quelques menus services en ramassant les liens des gerbes que les « éparpilleurs » lançaient à terre. Parfois aussi, on nous embauchait pour servir à boire ; nous avions la fierté d'être ainsi assimilés à tous ces paysans, de participer un peu à leur labeur. Nous devions cependant user de prudence et ne point trop nous afficher aux regards de bonne-maman. Notre grand-mère tremblait pour nous et, appelant Maman ou nos sœurs, elle les sommait de nous faire sortir de là.

— Oh ! que tu es inconséquente ! lançait-elle à Maman. Tu seras contente quand ces petits auront un accident ! Allons, fais-les partir de là, tu vois bien qu'ils gênent !

Comme Maman ne s'affolait pas assez à son gré, elle se tournait vers notre sœur.

— Jacqueline, sois raisonnable, dis à tes frères de s'écarter ; ta mère est entêtée !

Nous filions comme des lapins et allions rôder dans la cuisine de la ferme. C'était bien là que se déroulerait l'événement tant attendu. Certes la batteuse avait son charme, mais le repas qui suivrait était autrement attirant ! Nous étions, ce jour-là, les invités d'honneur et le roi n'était pas notre cousin. Ah, ces repas de battage ! Le menu, toujours le même, nous semblait pantagruélique, surtout en pleine guerre. Soupe au vermicelle pour faire « chabrol », salade de tomates et de concombres aux œufs durs, poulets aux haricots verts, pot-au-feu aux haricots blancs, laitue à l'huile de noix, fromages blancs, tartes à la confiture et « merveilles ». Les « merveilles » sont des morceaux de pâte que l'on jette dans de l'huile bouillante, qui gonflent et se dorent et que l'on saupoudre ensuite de sucre.

Pour nous, habitués à des agapes beaucoup moins substantielles, ce repas était un vrai festin et nous n'avions aucun complexe à nous lever de table sans avoir faim, une fois n'est pas coutume. Le battage ne durait qu'un jour car la ferme était petite ; j'en garde malgré tout un souvenir impérissable.

Et puis, en automne, il y avait les vendanges. Je dois dire tout de suite que Bernard, Yves et moi vendangions allégrement trois bonnes semaines avant la date prévue. Dès la fin août, la vigne devenait notre objectif numéro un. Sa fréquentation nous étant vivement déconseillée par nos sœurs — « Vous êtes des goinfres ! » disaient-elles — nous devions, pour y accéder, suivre un itinéraire détourné.

L'air innocent, du moins l'espérions-nous, nous partions en direction des bois, c'est-à-dire à l'opposé de la vigne. Une fois sous le couvert des châtaigniers, nous commencions une savante approche. Tels des Sioux, nous nous coulions dans les fougères, nous abritant derrière les buissons, rampant le long des haies. La dernière et délicate opération était la traversée de la route. Nous trouvant à découvert, nous devenions vulnérables. Il fallait donc bondir et se jeter à plat ventre au pied des ceps. Une fois là, c'était gagné, la vigne nous protégeait. Nous connaissions exactement l'emplacement des plants précoces et, assis à leur ombre, nous engloutissions sans remords les grappes de chasselas ou de rayon d'or. Ces raisins interdits avaient une saveur que je n'ai jamais retrouvée. Donc, lorsque la vendange arrivait, nous étions un peu blasés. Nous participions malgré tout activement à la cueillette du raisin ce qui nous permettait non seulement d'en manger tout notre saoul, mais aussi et surtout d' « oublier » quelques grappes sous les feuilles. Nous les dénichions les jours suivants, elles étaient rares et revenaient de loin, délicieuses.

Avec l'automne venait aussi le temps des champignons et des châtaignes. Pour les cèpes, toute la famille était mobilisée. Nous partions au petit jour, nantis de vastes paniers qui, au fil des heures, se remplissaient de bolets pansus. Nous en trouvions de telles quantités que, non contents d'en manger à tous les repas, nous en mettions à sécher en prévision de l'hiver. En ces années de restrictions alimentaires, les champignons étaient une bénédiction du ciel. Les châtaignes aussi, d'ailleurs, car c'est vraiment nourrissant ; de plus, bien que très bourratives, elles nous changeaient agréablement des pommes de terre journalières, des topinambours ou des citrouilles.

Quelle horrible cucurbitacée que la citrouille ! Malgré tout, quand on a faim on mange de tout, même des courges à vaches. Pour comble de malchance, bonne-maman qui préparait désormais notre cuisine (par économie, nous avions dû nous séparer de notre cuisinière) raffolait de la citrouille ; elle nous en faisait donc faire une grosse consommation. Passe encore la soupe jaunâtre, la ratatouille aux pommes de terre, mais le gâteau à la citrouille ! Est-ce que vous vous rendez bien compte ? Un gâteau à la citrouille et à la saccharine ! Pouah, quelle infecte plâtrée ! Brave grand-mère, elle s'arrangeait pour le mieux, mais ses gâteaux à la citrouille me sont toujours restés en travers de la gorge. Bonne-maman réalisait pourtant des prouesses culinaires. Partant de matières premières on ne peut plus frustes, elle s'ingéniait à les transformer en plats à peu près mangeables. Légitimement fière de ses recettes — car elle obtenait des résultats relativement honnêtes —, elle prit l'habitude de nous épater par la simplicité de leur réalisation.

— Vous ne devinerez jamais ce qu'il y a là-dedans ! lançait-elle en posant sur la table un entremets visqueux.

A vrai dire nous nous en moquions mais il était aimable de feindre la curiosité.

— Eh bien, commençait bonne-maman, il n'y a pas d'œufs, pas de lait, juste une cuillerée de sucre, de la Maïzena (c'était son atout majeur, elle en mettait partout) et un peu de farine. C'est bon, n'est-ce pas ?

Nous hochions poliment la tête et ingurgitions ce chef-d'œuvre d'économie.

Bonne-maman conserva toujours l'habitude de disséquer ses préparations. Papa avait horreur de ce genre d'aveux ; il voulait bien manger n'importe quoi à condition toutefois d'en ignorer la composition. Aussi, lorsqu'il fut de retour, à la fin de la guerre, assistâmes-nous à de curieux dialogues. Il n'est pas vain de préciser, sans plus attendre, que bonne-maman était très sourde : cela arrangeait bien les choses...

— Edmond, vous ne devinerez jamais ce qu'il y a là-dedans, disait bonne-maman en apportant un présumé hachis Parmentier.

— Pas de viande, pas de pommes de terre, pas de persil ! clamait Papa.

— Eh bien, voilà, expliquait bonne-maman, et elle se lançait dans une description pleine de détails sordides.

Papa souriait d'un air crispé en faisant nerveusement claquer ses doigts sous la table. Pour notre part, nous avalions en pouffant le curieux mélange fait de rien. Bonne-maman était championne pour « réussir » une crème au chocolat sans chocolat...

10

NOTRE existence à la ferme était donc pleine de charme. C'est à Maman que nous le devions car son moral, toujours au beau fixe, du moins en apparence, déteignait sur nous. Elle allait de temps à autre à Paris pour essayer d'obtenir des nouvelles fraîches au sujet de Papa. Nous n'en avions que très rarement : quelques lignes écrites en allemand qu'il pouvait nous faire parvenir depuis son lointain camp d'Allemagne. Malgré tout, d'après Maman, Papa rentrerait bientôt, la guerre finirait sous peu ; bref, à l'en croire et nous la croyions, tout poussait à l'optimisme ! Lorsqu'elle nous annonça que, par économie, nous passerions l'hiver à la ferme, nous fûmes absolument enchantés.

On nous abonna à des cours par correspondance et Jacqueline se trouva renforcée dans son rôle de professeur. L'hiver 1943 s'écoula paisiblement. Nous écoutions tous les soirs la radio anglaise et marquions sur la carte l'avance des armées alliées en Italie. Le soir du mercredi était un peu spécial, c'était celui du café. Au lieu de boire, chaque jour, la tisane nauséabonde issue du mélange baptisé café sur les cartes de rationnement, Maman et nos sœurs préféraient n'en déguster du vrai qu'une fois par semaine. Pour cela, pour faire du vrai café, il fallait trier les rares grains qui se promenaient au milieu de l'orge, des cailloux, des lentilles ou des morceaux de glands torréfiés. Nous participions à ce tri car, lorsque le café était passé, nous avions droit à un demi-sucre trempé dans ce précieux breuvage.

Pour meubler nos autres veillées, après la corvée de vaisselle, pendant que Maman et nos sœurs tricotaient ou reprisaient, nous nous plongions dans la lecture d'une littérature édifiante. Maman avait conservé — souvenir de jeunesse — toute une collection de la revue officielle d'un mouvement de jeunes filles ; je ne sais trop à quoi ressemblait ce mouvement, il était de toute façon fort teinté de royalisme, bien-pensant et plutôt bigot sur les bords. Nous trouvions dans ces revues tout un tas d'histoires semi-historiques. Nous y apprenions les vilenies des bleus et les hauts faits des Chouans, grands pourfendeurs de républicains, défenseurs du Christ et du roi. Comme eux, nous aurions voulu porter l'étendard frappé du cœur et de la croix (de Lorraine pour nous, bien entendu). C'était là, j'en conviens, une prose très réactionnaire. Mais nous étions jeunes et, pour nous, seule comptait la similitude entre les Chouans et les maquisards. A nos yeux, la ressemblance était frappante : les maquis stationnés dans la campagne environnante appartenaient au groupe As de Cœur. Pour nous As de Cœur et Sacré-Cœur ne faisaient qu'un.

Il fit très froid à l'approche de Noël 1943. Maman et mes sœurs décidèrent que nous irions à pied assister à la messe de minuit célébrée dans le village situé à quatre kilomètres de chez nous.

Pour faire le poids, elles battirent le rappel auprès de quelques amis brivistes et des voisins.

C'est donc une longue procession qui, par une nuit glacée, se dirigea vers l'église. De grosses lampes à pétrole illuminaient notre cortège et je me demande ce que les occupants auraient fait s'ils nous avaient aperçus. Il est vrai que ce n'était ni notre première ni notre dernière manifestation de masse. Peu de mois auparavant, Maman avait organisé un pèlerinage à pied en direction de Rocamadour — cinquante kilomètres. Une bonne trentaine de Brivistes y avaient participé, sans cacher leurs intentions de prière. Il s'agissait de demander un coup de main à la Vierge pour f... les boches dehors! En ces années où tout rassemblement était non seulement suspect, mais bel et bien interdit, il faut croire que les Allemands étaient blasés quant aux agissements invraisemblables de quelques Brivistes.

Nous assistâmes donc à la messe et aperçûmes, au fond de l'église, quelques jeunes hommes au teint hâlé, au corps maigre; ils venaient des bois et des grottes, leurs armes les attendaient dans quelque coin du cimetière ou derrière le presbytère. Ils s'esquivèrent sans bruit dès l'*Ite missa est*.

De retour à la maison, nous découvrîmes dans nos souliers les surprises que Noël apporte. Cadeaux rares et maigres d'un Noël de guerre. Je trouvai pour ma part deux ou trois livres en mauvais papier et un petit avion en fer-blanc.

Horreur et stupéfaction, il était *made in Germany!*

1944 commença sous la neige. Nous décidâmes que cette année serait la bonne, celle du retour de Papa et de la victoire. Nous ne doutions de rien. En attendant ces joyeux événements, nous nous livrâmes à une opération beaucoup plus terre à terre en immolant sans remords un des cochons de la ferme. Pendant quelques jours, la maison embauma la graisse chaude, la viande grillée, les rillettes, les boudins et les saucisses. En éduquant sa fille selon les normes bien établies chez les familles bourgeoises du début du siècle, notre grand-mère n'avait sans doute jamais pensé que Maman verserait un jour dans la charcuterie. Et c'est pourtant ce qu'elle fit. D'ailleurs, cette année-là, Maman, non contente de « faire » un cochon, avait elle-même gavé ses oies. C'était des oies de bonne composition, des oies coopératrices, dépourvues de toute susceptibilité...

De toute façon, Maman n'avait pas le choix ; nous étions chaque jour un minimum de neuf à table et il fallait bien, de temps à autre, remplacer les gâteaux de citrouille ou de pommes de terre par des mets plus énergétiques.

De plus, de nouveaux pensionnaires débarquèrent chez nous. Une de nos cousines et son fils Jean-Jacques, excédés par les conditions de vie à Paris, arrivèrent un beau jour et demandèrent asile. On se serra et Jacqueline récupéra un élève de plus en la personne de notre cousin. De deux ans plus âgé que Bernard, c'était un garçon très sympathique mais que nous jugions pour le moins curieux. D'abord il était parisien, c'est-à-dire un tantinet hâbleur, surtout avec nous, les provinciaux. Et puis, phénomène incroyable, il était fils unique. Il faut dire aussi que l'une de ses particularités tenait dans une étonnante prédisposition à la colère. Il piquait des rages pharamineuses. Fervent habitué des salles de cinéma, très comédien lui-même, il se croyait tenu, dès la plus petite contrariété, d'endosser l'allure du défonceur de portes ouvertes. En quelques secondes, nous avions devant nous un Johnny Weissmuller ou un Errol Flynn qui nous menaçait, sans rire, d'une mort aussi atroce qu'imminente. Jurant ses grands dieux qu'il allait tous nous tuer, il se précipitait sur la première arme qui lui tombait sous la main. Arme peu dangereuse au demeurant, car il s'agissait généralement d'un inoffensif couteau à beurre ou d'un simple porte-plume.

Mes frères et moi suivions avec beaucoup d'intérêt l'immuable déroulement de ces scènes. Quand nous avions bien ri, une de nos sœurs remettait les choses à leur place en retournant une bonne gifle à l'acteur principal. Jean-Jacques hurlait comme un dément et s'enfermait dans sa chambre pendant que nous rigolions comme des bossus. Il était cocasse, ce cousin parisien. Il s'aperçut quand même assez vite que son accent et ses colères ne nous intimidaient pas outre mesure et s'intégra à notre famille.

11

Nous redescendîmes à Brive peu après Pâques. Je ne le cacherai pas : nous n'étions pas très chauds pour reprendre la vraie classe. Il nous paraissait aberrant de quitter la campagne à la meilleure saison. Seule la certitude d'y revenir tous les dimanches apaisa notre cafard. Nous reprîmes, bon gré mal gré, le chemin de l'école.

Le troisième trimestre fut riche en péripéties. Nous reçûmes un jour la curieuse visite d'officiers allemands qui déclarèrent à Maman, le plus sérieusement du monde, qu'ils venaient pour arrêter Papa ! Il est à peine besoin de dire qu'ils furent fraîchement reçus. Je crois même me souvenir que Maman eut l'audace de leur rire au nez ; ils repartirent l'oreille basse. Nous en déduisîmes aussitôt qu'il devait y avoir une belle pagaille dans le système ennemi et nous y vîmes la preuve d'une fin très proche. Peu de temps après, une nouvelle alerte jeta le branle-bas dans la famille. Il y eut des hurlements scandalisés lorsque nous apprîmes que les Allemands avaient décidé de réquisitionner les chambres vides d'un certain nombre de maisons. De quoi, des boches chez nous ? Plutôt crever !

Et pourtant ils vinrent. Ils débarquèrent un après-midi avec la ferme intention d'investir la maison. Phénomène bizarre, facétie du hasard (Maman lui avait donné un fameux coup de pouce...), lorsque ces messieurs entrèrent dans le jardin ils durent se croire descendus dans une quelconque cour d'école. Il y avait vraiment beaucoup de gosses dans ce jardin ! Que dis-je, dans cette maison, mieux, dans chaque pièce ! S'additionnant à notre nombre déjà respectable, se pressaient là des cousins, des petits voisins, des camarades de classe, que sais-je encore ! Il y avait assez de monde pour confirmer les dires de Maman, à savoir qu'il n'y avait pas de place pour loger un officier allemand, sauf peut-être dans la buanderie, et encore !

Non, pas de buanderie pour les conquérants. Ils battirent en retraite une fois de plus. Les immeubles environnants, par contre, ne coupèrent pas à la réquisition. Notre plus proche voisin dut pour sa part loger un pensionnaire dont nous eûmes vite repéré l'infirmité. Il boitait le malheureux, il boitait beaucoup mieux qu'un canard.

Vous me direz qu'il était libre de le faire, soit, aussi libre que nous étions de chanter tous les soirs sous sa fenêtre :

Il avait une jambe de bois
et comme voulait que ça se connaisse pas..., *etc.*

Y compris la rondelle en caoutchouc !

Cet officier devait être un bon bougre, ou alors il ne comprenait pas le français, car jamais il ne releva le défi. Peut-être aussi l'amusions-nous, après tout, pourquoi pas ?

L'absence de pensionnaires indésirables permit à Maman de poursuivre son travail clandestin. C'est à la suite de je ne sais quelles circonstances qu'elle se vit un jour confier une forte somme d'argent destinée à un groupe de résistants. D'habitude, c'était notre grand-mère qui se chargeait des papiers compromettants en les glissant dans une poche secrète aménagée dans son corset. Bonne-maman était très fière de sa « planque » et la croyait invulnérable.

— Ils ne viendront pas chercher là ! disait-elle.

Mais cette fois-là, le volume du paquet dépassait de très loin la capacité d'absorption de la cachette ambulante. Maman accepta malgré tout, mit ses aînés dans la confidence, plaça l'argent dans le coffre-fort et repoussa la porte. Je soupçonne Pierre, le prudent des prudents, d'avoir voulu prendre une précaution supplémentaire en brouillant à qui mieux mieux la combinaison d'ouverture... Petit malin ! Belle initiative ! Maman a toujours eu horreur des chiffres et elle ignorait totalement comment pouvait bien s'ouvrir ce cochon de coffre. Il faut dire qu'on ne se servait jamais de cet engin : qu'aurions-nous bien pu y cacher ! Mesurez quand même la position de Maman : on vous confie une fortune, vous la rangez et ensuite, sans faiblir, vous allez dire ne pouvoir la rendre à cause d'un accident technique ! Allons, allons, ça n'est pas sérieux, ça pue le coup monté, ça pousse aux ragots !

Par chance, la cousine qui avait confié le paquet savait à qui elle avait affaire ; néanmoins et pour compréhensive qu'elle fût, il fallait bien récupérer l'argent. On se trouva dans la triste obligation d'aller quérir un serrurier...

Il trafiqua le coffre, tourna en vain la serrure, s'avoua incapable de la forcer. A moins que... Mais oui, mon vieux, n'hésitez pas puisqu'il faut en passer par là !

Il alla chercher un chalumeau et entreprit de percer le coffre ; l'assistance était plutôt gênée.

Le brave homme découpa un trou dans le dos du coffre et faillit avaler sa casquette en apercevant l'épaisse liasse. « Eh ben ! ça paie, le marché noir... »

Il n'osa pas le dire, mais le pensa sans doute. Un ange passa. Une affaire comme ça, on a beau dire, ça vous donne une drôle de réputation.

On ne nous confia plus jamais de fonds à garder. Maman se contenta d'héberger des hommes, des femmes, des armes, des journaux clandestins. A ses yeux, c'était beaucoup moins compromettant que des billets de banque.

C'est peut-être en se fondant sur ce principe qu'un jeune homme affolé se précipita un matin chez nous et adjura maman de le cacher au plus vite. Nous le connaissions, c'était un résistant dont la tête était mise à prix. Il venait d'échapper de justesse à un barrage mais avait quelques Allemands à ses trousses. Comme il n'était pas question de mettre le fugitif dans le coffre, désormais inutilisable et d'ailleurs trop petit, Maman le dirigea vers un coin du jardin où l'on empilait les fûts d'huile. Ces bidons de deux cents litres (vides, bien sûr) faisaient de très belles cachettes. Le jeune homme se glissa dans l'une d'elles et attendit. Pendant ce temps, grâce à la charité d'une voisine, les Allemands partirent ventre à terre dans la direction opposée à notre maison... Il aurait suffi que cette brave femme dise la vérité, à savoir qu'elle avait vu l'homme entrer chez nous, pour que nous soyons tous accusés de complicité avec un « terroriste ». Grâce à elle, les poursuivants courent peut-être encore.

Une fois l'alerte passée, Maman pensa que notre pensionnaire ne pouvait rester sous les bidons en attendant la fin de la guerre ; on a beau être optimiste, il y a une limite à tout. Elle lui fit donc gagner les combles de la maison, lui recommanda de prendre son mal en patience et partit contacter je ne sais trop qui. En attendant, notre grand-mère — quoique très inquiète — mitonna quelques petits plats dont elle avait la recette et ravitailla le nouveau venu. Il passa vingt-quatre heures chez nous, puis disparut comme par enchantement.

J'ai su, peu après, qu'on avait vu sortir un jeune curé de chez nous. Il flottait un peu dans sa soutane mais, en cette époque de disette, un curé maigre n'était pas une exception.

Peu après ce dernier épisode, Maman se trouva devant un problème presque identique. Il s'agissait cette fois de cacher une de nos cousines. Cette dernière, traquée de toutes parts, ne savait vraiment plus où se mettre. Les bidons d'huile et les combles, ça allait bien une fois en passant, mais il ne fallait pas en abuser. De plus, nous étions à la merci d'une perquisition puisque notre frère aîné avait l'âge de partir au travail obligatoire ; il n'en avait nulle envie et se cachait, lui aussi, du mieux qu'il pouvait. Bref, la maison de Brive n'était pas assez sûre. Maman décida d'émigrer à la ferme où notre cousine serait tranquille. Mais il fallait d'abord quitter Brive. Comme les attentats se multipliaient, les occupants avaient dressé des barrages un peu partout et filtraient scrupuleusement toutes les entrées et sorties. Maman enfourcha son vélo, m'installa sur le porte-bagages et, suivie de notre cousine, se prépara à forcer le blocus. Nous dûmes faire un très long périple avant de trouver une issue. Il y avait un trou dans le filet, nous l'empruntâmes.

Nous nous installâmes à la ferme en croyant de bonne foi que nous y serions en paix ; Jacqueline vint même nous rejoindre. Que risquionsnous là-haut ? La campagne grouillait de maquis ; ils venaient même chez nous pour boire un coup ou faire provision de fruits. Oui, nous étions bien protégés.

Et puis, une nuit vint qui nous fit mesurer à quel point notre sécurité était illusoire. Il devait être à peu près deux heures du matin lorsque la mitraillade éclata. Grand Dieu, ça claquait de partout ! Nous crûmes bien que cette nuit était notre dernière...

Malgré tout, et pour faire quelque chose, on dissimula notre cousine dans un placard, belle cachette en vérité ! Et puis, allez savoir pourquoi, tout cessa au-dehors. Le comble de l'histoire est que nous n'avons jamais su ce qu'il s'était passé. Nous retrouvâmes des douilles vides, rien de plus. Qui tira cette nuit-là autour de chez nous ? Les Allemands, les maquis ou les deux à la fois ? Mystère.

A la suite de cela, la maison nous sembla moins tranquille et notre cousine changea de résidence. Elle revint pourtant nous voir souvent, ainsi d'ailleurs que le locataire de nos bidons.

Croyez-le si vous voulez, mais tout cela s'acheva par un beau mariage ; le romanesque n'est pas toujours dans les romans.

12

Un 5 juin en année normale ne mérite pas qu'on s'en souvienne ; sauf si on a sa fête ce jour-là, ce qui est mon cas, merci.

Mais, fête ou pas, le 5 juin 1944 reste pour nous une date mémorable. Nous avions ce soir-là comme invité un ami dominicain qui, installé avec nous sous le saule pleureur, écossait les petits pois comme tout le monde et discutait de la situation.

Les dominicains ont une curieuse conception des réalités. Ils ont la ferme conviction d'être les seuls détenteurs de la Vérité et n'en démordent pas. En ce soir du 5 juin, le Père en question se livrait donc aux plus aberrantes des prévisions. Il nous assurait, sans rire, que le débarquement n'aurait pas lieu avant plusieurs mois, que de Gaulle n'était qu'un aventurier utopique, que nous n'étions que des plaisantins ne comprenant rien à rien, bref, il pataugeait lourdement dans le plus mauvais esprit qui soit. Nous eûmes beau lui dire que tout montrait l'approche imminente du débarquement, il s'entêta dans sa position défaitiste. Il fit preuve d'une telle mauvaise foi que nous en arrivâmes, sans même nous concerter, à envisager la création séance tenante d'un tribunal d'inquisition ayant pour but de remettre dans le droit chemin les inventeurs d'hérésie politique. Parti comme il l'était, le Père aurait fini sur le bûcher. Il passa donc très près des flammes purificatrices que nous lui souhaitâmes à l'unanimité mais ressentit quelques heures plus tard une profonde brûlure à son amour-propre. Coquin de moine, va, il eut bonne mine le lendemain matin !

Ah ! ce 6 juin ! Nous le passâmes à attendre les nouvelles et à commenter les bribes d'informations qui nous parvenaient.

Cette fois, ça y était, la guerre était finie, Papa allait rentrer ! Encore une fois nous ne doutions de rien et coulâmes quelques jours euphoriques. Nous étions toujours à Brive mais montions très souvent à la ferme, tant pour changer d'air que pour faire des provisions. C'est en regagnant la ville par un de nos raccourcis favoris que nous tombâmes un jour sur un groupe d'Allemands. Ils surveillaient la voie ferrée Paris-Toulouse et n'avaient pas l'air spécialement aimables. Détail curieux, à moins d'un kilomètre de là, nous avions croisé plusieurs maquisards, lesquels avaient louché sur nos paniers pleins de petits pois et de cerises. C'était le jour des rencontres...

L'un des Allemands nous interpella et nous demanda naïvement s'il y avait des terroristes dans le secteur.

Des terroristes, qu'est-ce que c'est que ça ?

Nous affirmâmes à ce Germain que les terroristes étaient rigoureusement absents du secteur ; nous n'en avions jamais vu et n'en verrions sûrement jamais. L'autre ne fut sans doute pas dupe mais nous fit signe de passer. C'est en arrivant sur la nationale 20 que nous eûmes quand même peur car nous tombâmes au beau milieu d'un long convoi de panzers ; on avait l'air fin avec nos petits pois...

Sur la route complètement défoncée, les chars défilaient sans discontinuer. A cette époque, nous ignorions que ces panzers appartenaient à la fameuse et sinistre division Das Reich ; de toute façon, chars ou pas, nous devions absolument traverser la nationale pour rejoindre Brive.

Nous fûmes, ce jour-là, encore plus fous que d'habitude car, dignement, nous nous élançâmes entre deux engins. Dieu qu'ils m'apparurent monstrueux ! J'avoue que nous n'étions pas fiers du tout ; d'autant moins fiers que le chef d'un des chars, peut-être interloqué par autant de culot, fit tourner dans notre direction la tourelle de son mastodonte. Au diable les provisions et les raccourcis ! Je ne suis pas près d'oublier ce jour-là, ni cet endroit précis de la nationale 20.

Le soir même, bien installés sous le saule pleureur, nous écossâmes des petits pois qui revenaient de loin... Nous en avions appris de belles sur ces fameux chars. Ils avaient fait un affreux carnage partout où ils étaient passés. Yves et moi étions encore tout retournés par un spectacle macabre. Voyez-vous, nous n'avions pas eu notre aise de chars, aussi, peu après le dîner, nous nous étions esquivés et avions couru jusqu'au boulevard le plus proche. Les panzers défilaient toujours et c'est sur l'un d'eux que nous avions vu le corps écrasé d'un malheureux maquisard. Nous n'aurions point eu besoin de cette scène pour comprendre que la guerre n'était pas finie ; en effet, dans les jours qui suivirent, le massacre d'Oradour-sur-Glane et les suppliciés de Tulle nous signifièrent que la victoire n'était pas aussi proche que nous l'avions cru.

Nous nous réinstallâmes à la campagne pour y passer l'été. Les choses étant réglées une fois pour toutes, nous retrouvâmes les devoirs de vacances, les allées à sarcler, mais aussi, bien sûr, nos distractions et promenades favorites.

En ce début de juillet, les pruniers se cassaient sous le poids des fruits. Les maquisards ne s'en plaignaient pas et nous en rencontrions souvent allongés dans l'herbe à l'ombre des arbres. C'étaient de braves gens, ces terroristes-là, ils nous impressionnaient beaucoup et n'en étaient pas peu fiers. Certains venaient même jusqu'à la maison sous le fallacieux prétexte de se rafraîchir. En définitive, je les soupçonne fortement d'avoir tâté le terrain auprès de nos trois sœurs... Les malheureux bougres auraient mieux fait de s'attaquer à la garnison allemande de Brive, ils auraient eu beaucoup plus de chances de la réduire ! Qu'importe, ne connaissant pas nos sœurs, ils tentaient le coup. L'un d'eux, comble de la galanterie en cette curieuse période, alla même jusqu'à expliquer à nos sœurs le fonctionnement de la mitraillette Sten et de la grenade modèle 37 : nous étions vraiment dans la confidence.

Un après-midi, alors que nous venions de papoter avec quelques maquis au pied des pruniers et que, nos paniers étant pleins, nous allions regagner la maison, le désir me vint de m'offrir quelques fruits de plus. Hélas, Jacqueline qui était avec nous se révélait déjà comme une femme à principes et décida que j'en avais déjà bien trop mangé. Avec trente-cinq ans de recul, j'estime que sa décision fut on ne peut plus arbitraire ! A l'époque, elle m'apparut scandaleuse et je hurlai mon total désaccord. Je voulais une prune de plus, je voulais une prune de... Bref, il s'en fallait d'un doigt pour que je récolte une bonne pêche lorsque la stupeur me bloqua les sanglots dans la gorge. A vingt mètres de nous, se découpant au ras du pré, nous vîmes cinq casques, dix casques, vingt casques. Le pré est en pente et le chemin en contrebas, les

Allemands étaient là, en marche vers chez nous. Branle-bas de combat, plus question de prunes !

Nous opérâmes un prompt repli en direction de la maison et, une fois là groupés autour de Maman qui, souffrant d'une entorse, ne pouvait quitter son fauteuil, nous attendîmes l'entrevue.

Ils arrivèrent par le jardin et, pendant que le gros de la troupe s'affalait à l'ombre des tilleuls, quatre ou cinq énergumènes entrèrent dans la pièce. Dans ma mémoire, ils sont grands, maigres et ruisselants de sueur. Peut-être étaient-ils petits et grassouillets, mais de toute façon ils transpiraient. Ils avaient chaud et étaient bardés d'armes, de cela je suis sûr. L'un d'eux nous dit bonjour et se heurta à un épais silence. C'étaient sans doute de braves troufions, ces pèlerins-là, car ils ne prirent point ombrage de notre attitude insultante, non ; ils n'étaient pas susceptibles pour deux sous, ce fut notre chance. Cherchant à nouer le dialogue, l'un de nos visiteurs suspendit délicatement son pistolet-mitrailleur à la poignée de la porte et s'approcha du piano.

— Oh, oh, dit-il en regardant la partition, Schubert ! *Schön*, grand musicien allemand, Schubert !

On entendit voler les mouches. L'Allemand nous dévisagea un à un, haussa les épaules puis fronça les sourcils en apercevant Pierre.

— Quel âge ? demanda-t-il en tendant un doigt accusateur en direction de notre frère aîné.

Ah, nous y voilà !... Nous étions tous prêts à jurer sur la tête de Hitler que Pierre n'avait que douze ans, qu'il ne fallait pas se fier aux apparences et tirer de hâtives conclusions, que notre frère — très grand pour son âge — n'était, tout compte fait, qu'un bébé inexplicablement barbu. C'était quand même un peu gros et Maman préféra répondre :

— Vingt et un ans, dit-elle, mais mon mari est prisonnier. Quant à moi, voyez...

D'un geste las, le regard empreint d'une douloureuse résignation, elle montra son pied bandé et sa canne. Encore un peu et elle aurait affirmé qu'elle était infirme de naissance !

Les intrus se concertèrent et, au lieu d'insister sur le cas de Pierre, ils demandèrent à boire.

A boire ? Oh, mais c'est très facile ! D'un geste hautain, Françoise leur désigna la source. A l'époque, il fallait aller à la corvée d'eau à deux cents mètres de la maison, l'eau du puits de la cour n'était pas potable et réservée aux vaches. L'Allemand estima à juste titre qu'on se foutait un peu trop des forces d'occupation dans cette curieuse maison. Il voulait bien être gentil mais, enfin, faut pas pousser, quoi !

— Non, dit-il, à boire ici !

Bon, puisque vous le prenez comme ça...

Françoise alla chercher la cruche d'eau et un verre, posa le tout par terre et regagna dignement sa place parmi nous.

Je l'ai dit, ces Allemands étaient de braves types. Ils jugèrent sans doute que nous étions inconscients et ils eurent raison. Ils burent donc, un à un, puis en arrivèrent enfin au but de leur visite.

— Nous sommes venus chercher des œufs, expliqua le mélomane admirateur de Schubert.

Des œufs ? Tiens, tiens, voyez-moi ça ! Oui, mais justement ça tombe très mal...

— Nous n'avons pas d'œufs, assura Maman, toutes nos poules ont eu le choléra.

Non mais, de qui se moque-t-on ici ? Le choléra ? Et pourquoi pas une rage de dents épidémique ?

— Si si, insista Maman, elles sont toutes crevées.

L'Allemand traversa la pièce et jeta un coup

d'œil dans la cour où picoraient une bonne trentaine de pondeuses...

— Et ça alors ?

— Elles sont au voisin, expliqua Maman qui n'alla pas jusqu'à dire que le voisin était notre domestique et que les poules nous appartenaient.

— Bon, dit notre interlocuteur, mais où sont les maquis ?

Quelle question ! Mais il n'y a pas de maquis ici, allons donc !

— Ça va, dit l'autre en haussant les épaules. Il s'inclina vers Maman.

— Au revoir, madame, et... merci pour l'eau.

Ils furent quand même payés de leur peine : notre voisin leur donna toute sa provision d'œufs à laquelle il adjoignit quelques-uns de nos poulets. On peut difficilement lui reprocher d'avoir été moins insensé que nous. Oui, nous étions inconscients car, les jours précédents, quelques maisons avaient été incendiées dans les environs ; il y avait même eu plusieurs exécutions sommaires. Nous le savions ; nous nous en indignions, mais sans pouvoir admettre que la même chose pût nous arriver.

Tout de même, Françoise aurait pu se dispenser de troubler un moment notre sérénité :

— Naturellement, dit-elle, je leur ai donné de l'eau du puits. Alors s'ils ne sont pas bien vaccinés...

13

L'ETE fut très sec, mais pour nous, ce ne fut pas une catastrophe, bien au contraire. Les voisins se plaignirent de la sécheresse sans se douter qu'elle faisait notre régal. Pourquoi ? Simplement parce qu'elle nous permettait de descendre en luge les prés transformés en paillassons. Nous avions trouvé une vieille échelle de couvreur qui, une fois rafistolée, fit un excellent bobsleigh. Nous mettions notre engin en haut du pré et, nous installant à quatre, dévalions la pente comme des bolides. Il n'y avait ni frein ni direction — mis à part nos fesses et nos pieds — et nous atterrissions parfois dans un tas de ronces ou d'orties, ce n'était qu'un détail. Nous avions baptisé notre traîneau du nom très distingué de « Totobiquette » et étions très fiers de ses performances. Nous fûmes donc furieux lorsqu'un stupide train blindé vint interrompre nos exploits.

De la ferme, on voit très bien l'un des viaducs de la ligne Paris-Toulouse ; partant de là, on peut donc devenir une bonne cible pour peu qu'un train blindé s'y arrête. La voie avait été sabotée entre Brive et Souillac et, sur ce petit tronçon, se trouvait prisonnier ce maudit train blindé. Il faisait très chaud ; alors, peut-être pour donner un peu d'air frais aux hommes, le convoi se promenait inlassablement. Comme à la longue la navette devait être fastidieuse, les occupants ouvraient le feu de temps en temps, lâchant ici quelques rafales de mitrailleuse, brûlant ailleurs quelques obus, histoire de faire un carton et de se distraire un brin. Il va de soi que Maman nous avait rigoureusement interdit de nous afficher sur le versant exposé. Malgré tout, la curiosité l'emportant, nous nous embusquions pour guetter le viaduc. Il était passionnant, ce train tout bardé d'armes. Nous le contemplions en espérant secrètement qu'il tirerait quelques coups de canon, pas sur nous, mais n'importe où ailleurs dans la campagne. Et un après-midi, nous eûmes satisfaction...

Une sourde explosion nous fit courir en direction de nos observatoires. Déception : pas trace de train sur le viaduc. Puis nous aperçûmes de la fumée sur la colline d'en face ; elle s'élevait d'une grange et nous distinguâmes des silhouettes qui s'enfuyaient. Ça devenait intéressant. Soudain, le train apparut et stoppa. Son immobilité nous intrigua et, tout crétins que nous étions, une sorte de pressentiment nous conseilla de nous abriter. Nous en eûmes pour notre argent car ça fit beaucoup de bruit...

Quand nous nous hasardâmes à regarder, le train avait disparu. Par contre, en souvenir de son passage, une petite fumée bleue s'élevait à deux cents mètres devant nous. Cet avertissement ne calma pas pour autant notre curiosité. Rien ne nous arrêta, pas même l'annonce que deux bœufs venaient d'être tués dans la grange touchée par le premier coup. Non, nous allâmes derechef examiner de plus près l'impact du deuxième obus. Il avait ouvert un honnête cratère au milieu du pré, nous le fouillâmes, pas peu fiers d'y découvrir quelques éclats acérés.

Récompense suprême, nous retrouvâmes même la tête de l'obus.

J'ai toujours ce nez d'ogive qui, à la réflexion, devait être d'un beau calibre. C'est bien des années plus tard que, traversant à pied le viaduc, j'ai compris que nous avions eu chaud. Le pointeur inconnu qui régla sa pièce ce jour-là fit ce qu'on appelle en artillerie un coup court. La direction était parfaite et, après une très légère rectification en hauteur, le coup suivant devait faire mouche sur la maison... Il n'y eut pas d'autre coup, allez savoir pourquoi.

Si la ferme ne manquait pas d'animation, nous apprîmes un jour qu'à Brive on ne s'ennuyait pas non plus. L'affaire s'était déroulée la nuit précédente dans notre maison de la rue Champanatier. Nous avions beau être à la campagne, la maison de Brive n'était pas aussi inhabitée qu'elle en avait l'air. Joachim, notre brave colonel de l'armée espagnole en déroute, était toujours là. Il travaillait le jardin et surveillait le dépôt. Or, cette nuit-là, quelques jeunes Brivistes, grands admirateurs de la milice, décidèrent que les carreaux de notre demeure ne leur revenaient pas. Ils ramassèrent des pavés et les envoyèrent en direction des fenêtres. Manque de chance pour ces jeunes voyous, le premier caillou fracassa une des vitres de la chambre où dormait Joachim. Il en avait vu d'autres, ce républicain...

Qu'importe d'être aux trois quarts nu, seule compte la rapidité de la riposte. Il bondit donc, dévala les escaliers et s'élança vers les coupables. Il n'est pas superflu de préciser que notre Espagnol n'était pas sorti sans biscuit ; il brandissait son respectable coutelas avec la ferme intention d'en faire bon usage. En le voyant jaillir de la maison, les agresseurs se sentirent beaucoup moins forts. Ils décidèrent, sans vains préalables, qu'il était urgent de changer de quartier...

Hélas pour eux, ils n'avaient pas prévu que l'autre démon se mettrait en tête d'attraper au moins un fuyard ; c'est vrai quoi, on ne court pas les rues après l'heure du couvre-feu, en proférant des insultes choisies, en brandissant un couteau d'égorgeur et surtout avec les fesses à l'air. C'est indécent une pareille exhibition ! Indécent peut-être, mais notre homme n'en eut cure. Il attrapa donc un des agresseurs au collet et lui expliqua fort impoliment, mais avec moult détails, qu'il allait lui faire une belle boutonnière, une boutonnière espagnole garantie sur facture... Puis il constata que sa proie n'était que menu fretin, puceau boutonneux, dévoreur de sucettes ; un colonel rouge ne se commet pas avec un petit morpion de quinze ou seize ans ! Faute de poches, il glissa donc sa navaja entre ses dents et administra quelques baffes très paternelles au gamin qui n'en espérait pas tant. La séance s'acheva par un formidable coup de pied dans l'arrière-train du garnement et notre colonel rentra dignement à la maison. Caramba ! on n'en fait plus des jardiniers comme ça.

Ces divers événements, que nous commentions longuement, nous apportaient la preuve flagrante que la fin de la guerre était proche. Le train blindé bloqué et la multitude des attentats contre les occupants étaient des faits qui ne trompaient pas. De plus, et à notre grande joie, nous assistions souvent à de nombreux passages d'avions alliés. Dès que la sirène de Brive résonnait, nous nous précipitions dehors pour scruter le ciel. La vue des grosses forteresses volantes qu'entouraient les petits chasseurs nous remplissait d'allégresse. Tout cela était très bon signe.

Très bon signe aussi ce raid sur Brive. Il fut si soudain que ce ne furent pas les sirènes mais les explosions qui nous attirèrent dehors. Comme de la ferme nous dominions la ville, nous étions aux premières loges. Je revois encore les deux mosquitos aux couleurs anglaises passer en rase-mottes au-dessus du jardin, dégringoler à pleine vitesse en direction de la gare de triage, puis grimper à la verticale avant de recommencer leur ballet. Ils s'en donnaient à cœur joie, car la D.C.A. était quasi inexistante. Ah! ils lui en voulaient à la gare, et ils y firent, paraît-il, un excellent travail. Nous fûmes très fiers de cette visite que les Alliés avaient daigné nous rendre.

Le 14 juillet aussi nous offrit un programme de choix. Ce jour-là, l'alerte dura trois heures et, pourtant, nul avion ne s'occupa de Brive. La représentation eut lieu ailleurs. Nous ne comprîmes pas tout de suite vers où se dirigeait l'importante formation de forteresses. Au lieu de foncer vers le nord, comme elles le faisaient d'habitude, nous les vîmes s'orienter vers l'est, puis commencer un mouvement tournant. A quoi jouaient donc les pilotes? Nous poussâmes des braillements de victoire lorsque les premiers parachutes s'ouvrirent; aimable pensée des Alliés, ils étaient bleu, blanc, rouge...

Nous apprîmes dans les jours qui suivirent que le fin du fin de la mode briviste était, pour ces dames et demoiselles, le port du chemisier; en toile de parachute naturellement!

Les maquis firent bon usage des armes et munitions reçues, puisque, un mois plus tard, ils investirent Brive sans coup férir. C'était le 15 août. Dans l'après-midi, nous étions allés assister aux vêpres au village. Quelle ne fut pas notre joie de voir la petite église remplie de maquisards. Ils chantèrent avec nous les cantiques à la Sainte Vierge puis, après l'office, organisèrent une prise d'armes sur la place avant d'aller rejoindre le gros de la troupe. En fin de soirée, des fusillades éclatèrent puis, à la nuit, les cloches carillonnèrent : Brive était la première ville de France à s'être libérée par ses propres moyens. Ce fait d'armes nous gonfla d'orgueil. Néanmoins, isolés à la campagne, nous fûmes un peu vexés de n'avoir pu assister à l'opération. L'ennemi ayant déguerpi à la hâte, un mémorable pillage s'organisa dans les locaux qu'il avait occupés. Brive regorgea d'objets divers, voire bizarres — je pense, entre autres, à des chandeliers en forme d'angelots joufflus ; que faisaient donc à Brive des caisses entières de ces bibelots ? Il y eut une prolifération de briquets, Stylomines et coupe-papier, sans oublier les bottes, les gilets de corps et les caleçons réglementaires. Pendant quelques jours, la ville entière nagea dans le délire. Il fut de courte durée car, environ cinq jours après leur départ précipité, les Allemands estimèrent sans doute qu'ils avaient fui trop vite. Trop couards pour essayer de reprendre la place à la mitraillette, ils dépêchèrent un Junkers-52. L'avion fondit sur une population qui s'attendait à tout, sauf à un bombardement. Comme le visiteur constata dès son premier passage que, mis à part une mitrailleuse, la défense aérienne était nulle, il prit la mauvaise habitude de nous rendre de fréquentes visites. Un de ses premiers raids eut pour but d'anéantir la fameuse et unique mitrailleuse. Il lâcha ensuite ses bombes en toute quiétude. Je pense néanmoins que l'équipage dut faire une drôle de tête en constatant que quatre-vingt-dix pour cent des bombes n'explosaient pas. C'est vexant, non ? On vous offre une ville sans défense, une belle petite cité tranquille où l'on peut viser et prendre tout son temps ; vous le prenez donc, choisissez bien vos objectifs et pfuit, rien ne se passe ! Il y a de quoi douter du Führer !

Nous apprîmes plus tard que les bombes avaient été sabotées par de braves gars du S.T.O. ; grâce à eux, Brive resta debout. Malgré tout, celles qui explosèrent firent des victimes. Les citadins prirent peur et déguerpirent vers la campagne. Et c'est ainsi que, du jour au lendemain, notre ferme fut une fois de plus envahie. L'exode avait vu craquer la maison sous le nombre des réfugiés, il était normal que la fin de la guerre la remplît une fois encore. On se serra, on bivouaqua, on fit la cuisine en commun. La sirène de Brive nous annonçait l'arrivée de « l'autre », plusieurs fois par jour. Nous sortions alors dans le jardin pour voir ses évolutions et compter les bombes. Nous les voyions chuter vers la ville et attendions avec angoisse les explosions ; elles étaient rares, heureusement. Nous étions inquiets pour notre grand-mère qui, peut-être inconsciente du danger, n'avait pas voulu quitter Brive. Certes, nous nous disions, pour nous rassurer, qu'elle était sourde et que les fortes déflagrations ne devaient nullement la gêner ; nous aurions préféré malgré tout la savoir à l'abri. Elle accepta de nous rejoindre lorsqu'on lui eut affirmé que nous avions absolument besoin d'elle pour faire la cuisine. Alléchée par la perspective d'épater une vingtaine de personnes par ses étonnantes recettes, elle ferma les volets de la maison, coupa les compteurs de gaz et d'électricité et monta à pied, comme une grande. Elle nous mit le soir même au défi de deviner ce qu'il y avait dans la soupe !

Les bombardements durèrent plusieurs jours. Pour le Junkers, c'était devenu de la routine. Il ne craignait rien et volait très bas, peut-être pour admirer le paysage. Parfois, quelques rageuses rafales de fusil-mitrailleur ou d'inoffensifs coups de fusil de chasse s'élevaient de quelque bois et saluaient son passage. Les maquis avaient installé une pièce automatique juste derrière chez nous ; nous en étions ravis, car nous allions récupérer les douilles.

Un matin, peu avant midi, l'avion, après avoir largué ses bombes, se dirigea vers chez nous. Naturellement, nous étions tous dehors. Nous regardions le Junkers en l'insultant, sans mesurer un seul instant qu'il pouvait être dangereux, et encouragions par des hourras le maigre tir des maquis. Soudain, l'avion ouvrit le feu à son tour. Il lâcha une longue rafale et nous fûmes tout étonnés en voyant dégringoler les ardoises de la maison.

— Pas possible ! Il voudrait nous tuer qu'il ne s'y prendrait pas autrement, cette andouille !

Notre retraite fut on ne peut plus rapide. Il n'y avait pas dix secondes que nous avions réintégré la maison que bonne-maman lança à notre mère :

— J'espère que tu as interdit aux enfants de sortir, tu sais, cet avion peut venir d'un moment à l'autre !

Il était juste au-dessus de chez nous...

Cette chaude alerte ne nous empêcha pas de courir au-dehors dès que l'ennemi se fut éloigné. Le bombardier revint sur Brive pendant deux ou trois jours encore. Puis, peut-être écœuré d'être aussi mal récompensé de sa peine, il disparut pour toujours.

Cette fois, Brive était bien libre et, curieuse évolution de la nature humaine, tout le monde se retrouva gaulliste...

14

Pour beaucoup, la vie reprit un cours presque normal. Les Allemands battaient en retraite, Paris était libéré et, mis à part les restrictions alimentaires, tout redevenait un peu comme avant-guerre.

Chez nous, il n'était pas question de se croire en paix. L'absence de Papa se faisait lourdement sentir et Maman, malgré sa force de caractère, n'était pas aussi optimiste qu'elle l'eût voulu.

Les nouvelles de Papa nous parvenaient très rarement et n'étaient pas de toute première fraîcheur. Maman continua donc ses voyages à Paris pour y glaner quelques renseignements. Elle en revenait avec des bribes d'informations qu'elle essayait de traduire à notre avantage. Je crois, en fin de compte, que ces voyages lui permirent de tenir le coup en lui donnant l'illusion de ne pas rester passive. Pendant son absence, nous étions sous la coupe directe de nos sœurs. Par chance, celles-ci se trouvaient très prises depuis la Libération. Le guidisme refleurissait comme jamais ; la J.A.C., J.I.C. ou autre J.E.C. battaient le rappel ; le Secours national demandait de la main-d'œuvre et le M.L.N. des adhérents.

Le M.L.N. (Mouvement de libération nationale) donna vite des complexes à mes frères. Il était bien joli ce mouvement mais, une fois encore, réservé aux adultes. Et nous, alors, on comptait pour du beurre ? Nous, les vaillants imprimeurs clandestins, les porteurs de croix de Lorraine, les amateurs de trains blindés et de panzers ! Il était impensable de rester inactifs et, puisque le M.L.N. nous faisait le coup du mépris, il devenait urgent de le concurrencer. C'est donc le plus sérieusement du monde que Bernard, Yves et notre cousin Jean-Jacques décidèrent de créer le B.L.N. Attention ! le B.L.N., c'était du solide ! Je ne sais plus qui inventa ce sigle, mais nous l'adoptâmes à l'unanimité. B.L.N. : Benjamins de la libération nationale ; ça en jette, non ?

Jean-Jacques, en tant qu'aîné, s'octroya la présidence et on la lui abandonna ; Bernard et Yves contactèrent leurs copains, éliminèrent les douteux et embrigadèrent les autres en leur assurant que le B.L.N. serait un jour appelé à de grandes tâches... Notre mouvement groupa bientôt quatorze membres. Grâce à l'appui de nos cousins, nous eûmes droit à d'authentiques cartes, à un timbre en caoutchouc et surtout à de magnifiques brassards bleu, blanc, rouge frappés des lettres B.L.N. Inutile de dire que nous crevions de fierté !

Les réunions avaient lieu à la maison et je vous prie de croire qu'il y eut au moins cinq minutes de discussion politique au cours de la première. Certes, par la suite, l'attention se relâcha un peu, il y eut cependant de beaux débats au sujet du troc chewing-gum-billes. Combien de billes pour une tablette vierge, combien pour une tablette d'occasion. Cinquante centimètres de toile de parachute valent-ils : trois cigarettes américaines, cinq Gauloises ou un paquet de chewing-gum (neuf, bien entendu) ? C'étaient là des questions qui, comme vous pouvez en juger, méritaient bien la création de notre mouvement.

Pour faire comme les adultes, qui se battaient déjà autour de cet os dénommé politique, nous en arrivâmes très vite à juger que certains d'entre nous ne correspondaient pas exactement au modèle type du bon militant B.L.N. Le schisme fondit sur nous et, comme nous étions quatorze, il y eut presque quatorze tendances au sein de notre association. Le B.L.N. se fissura sous les perfides attaques des réformateurs, s'opposant aux conservateurs, lesquels s'appuyaient sur les modérés pour tenir tête aux progressistes. Il y eut des démissions pathétiques, des cartes déchirées, des brassards lacérés et, pour finir, la dislocation pure et simple du B.L.N. Personne ne le regretta car, à la réflexion, il nous était apparu que le terme de benjamins définissait mal ce que nous pensions être. Benjamins, fi donc, c'est bon pour des gosses ! Notre moyenne d'âge étant de douze ans environ, nous nous sentions tous attirés vers des occupations plus sérieuses...

Yves et moi, entre autres, étions déjà très pris par le rôle secret que nous avions à remplir. Eh oui ! c'était bien un véritable rôle que nous nous étions assigné. Je l'ai dit, Yves et moi étions comme la bouteille et le bouchon, l'un et l'autre ne trouvant leur plein emploi que s'ils sont solidaires. C'est dans le flacon bien bouché que se conserve le bon bordeaux et c'est à cause de notre étonnante union que nous pûmes jouer à notre jeu secret pendant des années. C'était d'ailleurs presque autant du théâtre que du jeu. De plus, nous seuls pouvions y participer. Il était exclu qu'un tiers puisse s'ingérer dans nos affaires, même Bernard ne put jamais entrer dans notre confrérie.

Nous avions baptisé notre jeu S.T.T. et le fait que ces trois lettres fussent intraduisibles et sans aucune signification rajoutait du mystère à notre affaire. Je ne sais à quoi s'amusent les enfants d'aujourd'hui, mais je leur souhaite de découvrir à leur tour les joies du dédoublement de personnalité. Il s'agit de décider une fois pour toutes que l'on ne s'appelle plus Yves et Claude, mais Jacques et Dominique, que l'on n'a pas huit ou douze ans, mais vingt-quatre et vingt-huit (âges vénérables à nos yeux d'alors) et se tenir coûte que coûte dans cette nouvelle vie.

Vous me direz que tous les enfants pratiquent ce jeu-là. D'accord, ils jouent au papa et à la maman, à l'épicier, au garagiste, etc.; mais cela dure tout au plus quelques heures et ils reviennent très vite dans leur propre peau. Avec Yves, nous avions acquis suffisamment d'entraînement pour tenir vingt-quatre heures sur vingt-quatre et pendant des mois. Une fois revêtus de nos nouvelles personnalités, nous devenions vraiment ce que nous avions décidé d'être. Puisque nous étions encore en guerre, nous jouions à la guerre. Yves devenait colonel et moi commandant. Quand par hasard le colonel recevait une gifle d'une de ses sœurs, le commandant se devait d'ignorer l'incident et réciproquement, bien entendu. Rien n'entravait le déroulement de notre double vie : la vaisselle se transformait en de très sérieuses conférences au sommet; quant aux autres corvées, elles faisaient partie des grandes manœuvres. Nous nous endormions avec nos galons et, dès notre réveil, nous coiffions le képi ! Au fil des ans, nous étoffâmes nos personnages et nous leur procurâmes même de fictives épouses, lesquelles, à vrai dire, n'eurent pas souvent voix au chapitre. Bien entendu, nos doubles étaient des héros; tant qu'à faire de se servir, autant le faire au mieux.

C'étaient des héros, oui, mais je crois me souvenir que nous les fîmes évoluer dans un monde et dans des circonstances à peu près plausibles. Nous avions un grand souci de l'exactitude dans la reconstitution. Nous n'abusâmes jamais de notre imagination pour inventer des événements ou des détails trop invraisemblables ou merveilleux ; mais il est vrai qu'elle trouvait son plein emploi dans la simple pratique de ce jeu. Il était en effet indispensable de traduire immédiatement les réflexions et les faits créés sans arrêt par notre entourage ; il fallait tout remettre dans l'optique de notre vie parallèle. De plus, sans doute par crainte du ridicule, nous devions prendre garde à ce que personne ne découvrît notre théâtre permanent. Tout le monde savait, bien sûr, que nous avions un jeu à nous, mais personne n'en mesura jamais l'importance. Pour être parfaite, notre double vie devait être secrète, elle le fut jusqu'à sa fin.

Quelques lecteurs trouveront sans doute que tout cela aurait fait la joie d'un pédiatre et qu'un psychiatre se serait régalé en analysant notre comportement. L'un et l'autre en auraient déduit que, que, et que...

Peut-être, et alors qu'est-ce que ça change ? Tout ce que je puis dire, c'est que nous avions mis sur pied une formidable occupation qui ne nécessitait ni jouet ni cadre, mais simplement des idées.

Malgré le travail que lui donnait la maison, Maman décida qu'elle avait encore du temps libre ; je ne sais où elle le trouvait, mais peu importe. Elle s'inscrivit donc sur la liste municipale et fut élue conseillère. Quand on connaît Maman et sa fantaisie, ça a l'air d'une farce, ce poste de conseillère municipale.

Maman étant anticonformiste pour tout sauf la religion, la morale, la peinture et la musique et que ce sont rarement des sujets municipaux, certaines séances furent très folkloriques. De plus, et elle s'en flatte, Maman est l'antithèse de la diplomatie. Pour notre mère, point de circonlocutions hypocrites, d'euphémismes habilement susurrés ; pour elle, la vraie dialectique est celle qui consiste à appeler les choses par leur nom. Un âne est un âne et un monsieur peut le devenir s'il raconte des... âneries ! Il importe donc de lui expliquer clairement dans quelle catégorie on le range, cela au nom de la vérité et aussi de la charité chrétienne qui rend à chacun ce qui lui est dû...

Dans l'hypothèse où Maman serait un jour en désaccord soit avec le pape, soit avec le président de la République et qu'elle ait l'occasion de le leur dire, eh bien, elle le leur dirait, poliment mais sans détour. Tout cela pour vous faire comprendre qu'il y eut souvent un chaud climat au sein du conseil municipal.

Maman n'y resta d'ailleurs pas très longtemps ; suffisamment malgré tout pour faire transformer un terrain vague plein d'ordures en un joli petit square et aussi pour découvrir l'existence des douches municipales.

Ce fut une révélation. Maman décréta que puisque ces douches étaient bonnes pour d'autres, elles pouvaient l'être aussi pour nous. Et, en effet, elles étaient bien pratiques. Nous y allions sans rechigner car, là au moins, contrairement à la maison, nous avions de l'eau chaude. Il y faisait bon, dans cet établissement, il était plein de buée et de chants et, moyennant une somme modique, nous en ressortions propres comme des sous neufs. Nous y allions régulièrement en famille et la dame qui vendait les tickets nous recevait toujours avec beaucoup d'amabilité. Elle nous tenait en haute estime jusqu'au jour où un événement lui fit réviser son jugement.

Avant d'aller plus loin, il est indispensable de savoir que Françoise et Yves avaient mis au point un jeu pour le moins loufoque. Ils avaient décidé, d'un commun accord, que l'un comme l'autre s'immobiliseraient immédiatement, et quelle que soit sa position, dès que l'un d'eux en donnerait l'ordre. Sur un clignement d'œil de Françoise, Yves devait se figer comme une statue et vice versa. Nous disions entre nous qu'ils « se coinçaient ». Quand l'un ou l'autre se laissait ainsi bloquer, il devait attendre le bon vouloir de son acolyte pour reprendre sa mobilité. Pour que le jeu devienne vraiment cocasse, il fallait choisir le moment le plus adéquat pour coincer son partenaire. Il n'était pas mauvais, par exemple, de le pétrifier lorsqu'il bâillait ou bien à table avec sa fourchette dans la bouche. Le perdant était celui qui ne pouvait résister au supplice de l'immobilité et qui bougeait. Il va de soi que le reste de la famille ne facilitait pas la peine du condamné ; il arrivait malgré tout que Françoise et Yves restent bloqués pendant dix bonnes minutes ! Nous possédons quelques photos prises pendant ces séances ; la physionomie du sujet est rarement avantageuse, mais elle prouve que le patient tenait bien le coup.

Toute la famille était habituée à ce jeu et nous étions bon public. Mais il en va de cela comme du reste, on pense que tout le monde a compris dès l'instant où l'on a soi-même la clé du problème et on oublie que les autres n'ont pas eu la révélation.

La dame des douches assista donc un matin à un spectacle inquiétant pour une personne non initiée. Nous étions chacun dans nos cabines, sauf Maman et Françoise. Yves, déjà en tenue légère, s'aperçut qu'il n'avait pas pris sa serviette. Il entrebâilla la porte, glissa le torse et appela Maman. Il tendait la main vers sa serviette lorsque Françoise le paralysa sans pitié et entra prendre sa douche. Yves ne bougea point malgré une situation on ne peut plus inconfortable. Il resta penché en avant, bras tendu, l'œil hagard. La dame des douches eut un petit sursaut lorsqu'elle vit notre frère. Maman lui expliqua alors qu'il s'agissait d'un jeu, mais je crois pouvoir dire qu'elle n'en goûta pas la saveur. D'après Maman, la pauvre femme resta presque aussi figée qu'Yves. Elle n'osait pas le fixer, lui jetait de temps à autre de petits regards craintifs et s'attendait à chaque instant à voir le malheureux garçon s'écrouler de tout son long.

Cela dura le temps d'une douche. Françoise ressortit enfin, s'assura que sa victime était toujours là et lui fit grâce. Mais il y a une justice. A peine venait-elle de délivrer Yves que celui-ci la coinça à son tour. Françoise se tenait au milieu du couloir, l'air inspiré, le coude en l'air, en train de se recoiffer. Elle joua le jeu et demeura rigide sous l'œil affolé de la dame. Il faut comprendre cette malheureuse spectatrice : on a beau être habituée à voir passer toutes sortes de gens, ce n'est pas tous les jours qu'on est le témoin d'une scène de ce genre ! Passe encore pour un cas de catalepsie, mais deux ! Deux dans la même famille et coup sur coup, c'est franchement exceptionnel. Malgré tout, cette aimable femme continua à nous recevoir gentiment, mais il y avait un peu de pitié dans son sourire lorsque ses yeux se posaient sur Yves ou sur Françoise. Les deux compères n'en avaient cure. Cependant, grâce à Dieu ou à Maman (qui n'aurait peut-être pas été d'accord), ils évitèrent désormais de pratiquer leur jeu en dehors de la maison. Cela valait mieux, les gens sont si médisants qu'ils auraient fini par croire que nous avions au moins deux fous dans notre famille.

— Et encore, avec ces deux-là, ça se voit ! Mais pour les autres, c'est peut-être pire...

C'est vers cette époque que Maman et nos sœurs entreprirent de nous « mettre au courant » de la façon dont les enfants, de la manière dont les bébés... bref, de nous apprendre ce que nous étions désormais en âge de connaître. Nous fûmes convoqués, un après-midi, dans le salon, la pièce des grandes occasions. Nous nous y rendîmes un peu inquiets : quelle bêtise de première grandeur avions-nous bien pu faire qui justifiât un tel cérémonial ? Le sourire de Maman nous rassura tout de suite.

— Eh bien voilà, dit-elle, nous avons pensé que vous étiez assez grands et raisonnables pour savoir, heu... Enfin il nous semble que, heu... Nous avons jugé qu'il était nécessaire de... N'est-ce pas ? dit-elle en quêtant d'un regard les encouragements des trois filles.

Nous étions tout à fait ahuris.

— Bon, fit Maman.

Suivit une histoire aussi fumeuse que sommaire, où les papillons et les abeilles fabriquaient les pommes ou les cerises en se posant sur les fleurs, à moins que ce ne soit l'inverse...

— Maintenant, vous pouvez aller jouer, conclut Maman avec soulagement.

Nous avions écouté dans le plus profond silence, mais Bernard eut le mot de la fin :

— Oh, tu sais, on savait bien que c'était comme pour les vaches !

Et nous sortîmes la tête haute.

15

Nous passâmes l'hiver 1944-1945 à essayer de nous réchauffer. On a coutume de dire, à l'heure actuelle : « Ah, les hivers de jadis étaient bien plus rigoureux que ceux de maintenant ! »

Quelle vaste blague ! Je crois que de nos jours nous avons de quoi nous chauffer, c'est tout. De plus, en 1944, l'alimentation de cette fin de guerre n'était pas de celles qui donnent de belles et bonnes calories dont nous avons tendance à abuser actuellement.

Certes, bonne-maman faisait toujours des prouesses, mais on devinait toujours qu'une purée recelait beaucoup plus de topinambours que de pommes de terre.

Vous me direz ce que vous voudrez, mais les topinambours, ça a un drôle de goût. Je sais bien qu'il est de coutume de s'exclamer après en avoir goûté :

— Huuumm, c'est exquis ! Ne jurerait-on point que ce sont là des crosnes !

Eh bien, non, ça n'a rien à voir avec les crosnes et ça n'a même pas l'excuse d'être de la même famille !

Cela dit, c'est en grelottant que nous atteignîmes le 1er janvier 1945. Nous décidâmes, une fois de plus, que cette année serait la bonne, la vraie de vraie. D'accord, nous nous disions cela sans succès depuis quatre ans, mais quoi, en ce 1ᵉʳ janvier 1945 il n'était pas inconvenant de croire à un proche retour de Papa et à la Victoire.

Nous avions d'ailleurs des nouvelles de Papa un peu plus souvent. Mieux, nous pûmes même lui écrire dans le courant du mois de janvier. Cela incita Maman à se démener de plus en plus dans sa quête de nouvelles fraîches. Ce fut plus que jamais pour nous la période des hauts et des bas. Nous étions tantôt euphoriques, tantôt abattus à l'écoute d'un communiqué. Il y eut même à la radio l'annonce de la libération d'un homonyme et nous explosâmes de joie. Manque de chance, ce n'était pas notre père... Nous n'en voulûmes bien sûr point au pauvre homme qui s'appelait comme nous, il devait être heureux, lui, et n'avait pas volé sa libération ; il n'empêche que nous nous sentîmes vexés. Après un morne trimestre passé à Brive, les vacances de Pâques à la ferme nous apparurent encore plus belles. Elles furent marquées par deux événements qu'il est peut-être bon de relater.

Un beau dimanche de printemps, Bernard, Yves et moi décidâmes d'aller nous promener, d'abord à cause du soleil magnifique, ensuite parce que la maison était invivable. En effet, selon une coutume maintenant bien établie, nos sœurs avaient amené toutes leurs guides en grande sortie chez nous. Il y avait au bas mot une bonne vingtaine de filles ; une fuite rapide nous sembla indispensable. Nous nous esquivâmes sur la pointe des pieds.

Sur la pointe des pieds à tous les sens du mot car Bernard et Yves, nantis de superbes chaussures neuves (genre carton peint), avaient déjà du mal à les subir. Ils n'avaient pas prévu ça, les frères, et ils avaient également oublié qu'ils portaient pour la première fois des costumes flambant neufs. De bien beaux costumes, acquis à grand renfort de tickets : culotte courte, veston croisé, tissu pied-de-poule. C'était du très sérieux, tellement sérieux que je n'y avais pas eu droit car de semblables parures n'étaient pas de mon âge. Je vous avouerai que je m'en moquais, surtout en ce dimanche, car n'étant pas vêtu de neuf, j'étais libre de courir et de grimper à ma guise. Bernard et Yves, tout gauches dans leurs complets, marchaient sagement au milieu de la route ; pour eux, pas question de gambader, non, attention aux costumes ! Quant à moi, je folâtrais.

Nous atteignîmes ainsi le ruisseau qui passe à un kilomètre de chez nous. Il faisait bon et nous lançâmes quelques pierres dans l'eau ; occupation anodine mais peu enivrante qui nous lassa très vite. Alors, que faire ? Que faire, lorsqu'on a des chaussures et des habits neufs qui vous empêchent de vous ébattre ?

L'idée de Bernard n'était pas mauvaise en soi, elle ouvrait même des perspectives alléchantes... Il s'approcha du ruisseau, le mesura du regard et le sauta d'un bond. Exploit digne d'éloges, surtout avec un costume neuf. Yves se sentit tenu de l'imiter et d'autant plus que Bernard le mit au défi d'en faire autant.

Yves se concentra, calcula sa trajectoire, observa son point de chute ; puis, respirant profondément, prit son élan et bondit. J'étais témoin et j'affirme qu'il toucha l'autre rive. Il l'atteignit mais fut trahi par un détail de poids : il avait les fesses lourdes. Alors, la pesanteur aidant et malgré un énergique battement de bras, ce fut l'horrible chute, la gerbe d'eau, le désastre. Rassurez-vous : il y avait tout au plus quatre-vingts centimètres d'eau, la noyade était exclue. Donc, pas question de respiration artificielle, et tout aurait pu s'arranger s'il n'y avait pas eu le costume neuf et les chaussures...

Yves émergea, contempla tristement sa tenue, ôta quelques algues collées à son veston et se déchaîna. Les colères d'Yves méritaient d'être vues. Elles étaient, à mon avis, bien supérieures à celles de notre cousin Jean-Jacques. Ce n'étaient pas ces petites colères qui se concrétisent par des cris et des trépignements désordonnés. Non, celles d'Yves relevaient du grand spectacle !

Cela débutait par un grognement douloureux et à peine audible pour atteindre très vite au cri suraigu. En même temps, et comme pour étouffer ses hurlements, Yves se mordait le poing gauche à pleines dents. Il mordait pour de bon et s'acharnait comme un chien sur un os. La représentation n'était pas finie pour autant car, tout en se mordant le poing gauche, il se frappait violemment le crâne avec le droit et distribuait autour de lui des coups de pied vengeurs.

Il piqua donc sa crise et, comme il se trouvait toujours dans l'eau, cela eut pour résultat de l'éclabousser un peu plus ; c'était sans importance car, de toute façon, il n'avait plus un poil de sec ! Bernard et moi regardions d'assez loin, mais nous eûmes droit à un chapelet d'injures choisies ; nous ne les relevâmes point car les circonstances étaient exceptionnelles. Yves lança un formidable coup de pied vers un ennemi imaginaire et ce qui devait arriver arriva ; sa chaussure, déjà en piteux état, décida qu'elle était trop maltraitée et choisit la liberté. Elle s'envola vers des lieux plus cléments et retomba dans l'eau quatre ou cinq mètres plus loin.

Yves abdiqua devant autant d'injustice et sa colère s'apaisa. Il pataugea pour récupérer son soulier et sortit enfin du ruisseau.

Nous restâmes muets pendant plusieurs minutes, atterrés par l'étendue de la catastrophe. Et puis l'optimisme revint. Il faisait beau et chaud et si le soleil voulait bien nous aider, tout pourrait peut-être s'arranger.

— Ça va sécher, dit Yves qui ne doutait de rien.

Nous nous installâmes en plein soleil et le sinistré se dévêtit.

Impardonnable erreur...

Ni le costume ni les chaussures ne daignèrent sécher, l'ensemble s'égoutta et le phénomène commença. En moins d'une heure, les vêtements rétrécirent dans d'incroyables proportions; quant aux souliers, il ne leur fallut qu'une petite demi-heure pour se racornir et atteindre une pointure qui était presque la mienne... Parlez-moi de cette camelote de guerre!

Quand Yves enfila sa culotte, il s'aperçut avec horreur qu'elle n'était plus qu'un short ultra-court. Les manches de la veste lui arrivaient à mi-bras et il lui fut absolument impossible de se rechausser...

Notre retour fut pitoyable. Certes, nous fîmes tout pour passer inaperçus mais, par malheur, nous n'avions prévenu personne de notre promenade et tout le monde nous attendait. Aucune excuse ne fut admise. Yves se retrouva bouclé dans sa chambre jusqu'au lendemain. Le costume fut quand même sauvé, mais il fallut défaire les ourlets pour lui rendre une dimension correcte. Quant aux souliers, Yves fut condamné à les porter sans chaussettes et à souffrir le martyre jusqu'à ce qu'ils aient repris leur forme initiale, enfin à quelque chose près...

Je fus l'acteur de la deuxième aventure.

En ces temps-là, non contents d'avoir notre sapin personnel comme je l'ai dit au début, nous possédions aussi notre vache. C'était, dans les deux cas, un bien purement moral mais nous y tenions fermement. Chaque vache de l'étable avait donc son propriétaire et il eût fait beau voir que je fusse exclu de cette convention. J'avais donc ma vache. C'était une classique limousine que rien ne distinguait des autres, sauf le fait de la savoir à moi. Elle était, à mes yeux, la plus belle, la plus douce, la mieux encornée, c'était ma vache, quoi.

Le diable voulut un jour que le jeune berger, dont j'ai déjà parlé, devine à quel point je tenais à mon bien. Il comprit tout le parti qu'il pouvait en tirer et commença une savante campagne d'intoxication. A l'entendre, cette bête que je disais mienne était beaucoup plus à lui qu'à moi. Qui la gardait, qui la soignait, lui ou moi ? Alors, puisque c'était lui qui s'en occupait, la logique ne voulait-elle pas qu'elle fût à lui ? Ce genre de conversation me mettait en rage ; l'autre n'attendait que cela et décida un jour de s'approprier la vache. Il n'en parla plus désormais qu'en disant : *ma* vache, en insistant lourdement sur ce pronom possessif. C'était odieux. Je me sentais frustré de mon bien et, tout en me répétant que cette limousine m'appartenait, je ne pouvais étouffer le doute insidieux que le berger avait semé dans mon esprit.

Restait l'entente amiable. Oui, mais que faire devant un interlocuteur imperméable aux belles paroles et aux promesses de toutes sortes ? La situation était intolérable et c'était bien le but de mon voleur de bétail. Il attendit que je fusse à point et porta son attaque.

— Regarde ma vache, dit-il un matin, elle est belle, hein ?

Je baissai la tête, impuissant.

— Ecoute, poursuivit-il, si tu veux, je te la vends...

Vous reconnaîtrez, je pense, que ce gars-là ne manquait pas d'une certaine audace ! Ce fut bien ce que j'estimai alors, mais que faire ? Il était beaucoup plus âgé que moi, un règlement aux poings n'était pas prudent.

— Je te la vends, insista-t-il. Si on s'entend, la bête sera à toi.

Encore une chance ! En vrai maquignon qu'il était, il flatta la vache, passa la main sur le pis, fit admirer la coupe, la finesse de la peau.

— Alors, tu la veux oui ou non ?

Bien sûr, mais comment l'acquérir ? Je ne possédais pas un sou vaillant et cherchais, en vain, à quel troc je pourrais bien me livrer pour suppléer à ma carence monétaire. Le vendeur devina sans doute le cheminement de ma pensée car ce fut lui qui proposa l'échange.

— Tiens, je te la cède contre deux paquets de cigarettes et une boîte d'allumettes !

Bigre, il était gourmand ! Et puis, où aurais-je trouvé des cigarettes ? Personne ne fumait chez nous, sauf occasionnellement mes frères et moi de la barbe de maïs ou des feuilles de noyer ! Allons, l'affaire s'engageait mal. J'étais en train de réfléchir au moyen de détourner les prétentions du berger vers des désirs moins exorbitants lorsque soudain ma mémoire s'éclaira. Des cigarettes ? Mais oui je savais où en prendre ! Notre frère aîné avait récemment eu droit à une attribution de tabac. Comme il ne fumait pas il avait placé les cinq paquets de caporal dans son armoire en attendant sans doute d'en faire bénéficier quelques amis. Certes, il m'était difficile, sinon impossible, de m'emparer de deux paquets : Pierre avait sa chambre personnelle, je n'avais aucun motif pour y entrer et, à plus forte raison, pour fouiller dans ses affaires. Malgré tout, je n'hésitai pas. Mais comme il s'agissait d'un véritable marché entre paysans, il était impensable de le conclure sans débats. Je fis donc ressortir la disproportion flagrante qui existait entre la demande et la valeur du bien. D'accord, la vache était belle, mais enfin, pas au point de valoir deux paquets de bonnes cigarettes ! A la rigueur un demi et quelques allumettes soufrées, mais certainement pas plus ! Mon marchand poussa des cris indignés et me jura qu'il garderait sa bête si je m'en tenais à une offre aussi dérisoire. Je lui fis sournoisement remarquer qu'il ne tenait qu'à lui de chercher un autre acquéreur... Il devint alors moins exigeant et baissa son prix. Nous arrêtâmes le marché sur l'accord suivant : je deviendrai propriétaire contre un paquet de cigarettes et quinze soufrées.

Il ne me restait plus qu'à commettre mon forfait... Subtiliser quinze allumettes n'était pas une affaire dangereuse. Tout au plus fallait-il s'introduire dans la cuisine lorsque celle-ci était déserte et puiser ensuite dans la vieille boîte de Phoscao contenant la réserve. Je menai rondement cette première opération. En revanche, pour les cigarettes, c'était autre chose. Je cogitai un après-midi entier et la matinée suivante. Le raid se présentait mal, l'approche de la chambre de Pierre était délicate, il y avait toujours quelqu'un dans ses abords immédiats. J'en conclus que seule la période des repas me permettrait d'agir. Au déjeuner suivant, je prétextai un soudain besoin naturel ; cela me valut une réflexion aigre-douce d'une de mes sœurs. Elle me rappela que les règles de la bonne éducation voulaient que l'on prenne ses « précautions » avant de se mettre à table. J'eus bien envie de rétorquer, comme d'habitude en pareil cas, que je n'étais pas un pur esprit, mais je me tus prudemment car il eût été insensé d'envenimer le débat. Je quittai la table, montai à l'étage, ouvris la porte des toilettes et la claquai tout en restant dans le couloir.

C'est sur la pointe des pieds que je m'introduisis chez Pierre. La porte de son armoire grinça de tous ses gonds et je crus bien que tout était perdu. J'ouvris. Mais où étaient les cigarettes ? J'inspectai les étagères et découvris enfin les paquets. J'en glissai un dans ma chemise, refermai l'armoire et sortis de la chambre. Ouf, c'était fait ! Je m'offris le luxe de reclaquer la porte en passant devant la salle de bains et redescendis prendre ma place à table.

J'étais heureux, la vache qui avait toujours été mienne, mais qu'on m'avait volée, serait enfin et définitivement à moi. Dès la fin du repas, je courus à l'étable et mon vendeur m'y rejoignit. L'échange eut lieu et je me crus vainqueur.

Malheureusement, notre berger était un véritable mercanti.

En effet, et dès le lendemain, il m'annonça sans pudeur que le marché était nul ! C'en était trop ! Je lui déclarai sans détour que j'allais partir chercher Bernard et Yves et qu'à nous trois nous allions lui administrer la correction qu'il méritait (avec Bernard et Yves, je me sentais très fort...). Cela lui donna à réfléchir et j'en vins à regretter de n'avoir point parlé ainsi dès le début de son odieux chantage. Il crâna malgré tout.

— Si tu fais ça, je dirai que tu m'as donné des cigarettes et des allumettes...

— Et moi je dirai que tu m'as pris ma vache...

— Pouh, qu'est-ce que tu veux que je prenne, hé crétin, tout le troupeau est à ta mère !

Cette révélation me fit mesurer à quel point j'avais été manœuvré. Il avait raison le bougre : seule Maman pouvait décider de l'attribution des vaches ! Notre machiavélique berger avait su, par un beau lavage de cerveau, me faire oublier cette évidence.

— Bon, dis-je vexé, si tu parles, moi je dirai que tu fumes dans le foin...

Nous nous séparâmes après quelques insultes et je crus que tout en resterait là. Je ne sais si mon maquignon fuma dans le foin et si c'est là qu'Emile le surprit deux jours plus tard. Toujours est-il que mon complice ne brilla pas par son mutisme. Il avoua tout en bloc, sauf le vol de ma vache, raconta que je l'approvisionnais en cigarettes et en allumettes et qu'il ignorait pourquoi je le faisais bénéficier de mes larcins. Bref, c'est tout juste s'il ne dit pas que je l'avais obligé à fumer alors qu'il détestait cela !

Tout alla alors très vite et l'on m'obligea sans douceur à fournir quelques explications. Que dire, sinon la vérité, puisque l'autre imbécile avait déjà tout avoué ?

Je chargeai le berger au maximum, en faisant ressortir l'immoralité de son marché et ma position de victime lésée de son bien. Je dois dire que ma plaidoirie ne convainquit pas grand monde. Il est vrai que mon histoire ne tenait pas debout, pour des adultes. Je me retrouvai consigné dans ma chambre après avoir promis de ne plus jamais acheter de vaches, surtout avec une monnaie ne m'appartenant pas.

Pourtant, et plus j'y repense, une vache contre un paquet de cigarettes c'était vraiment une très belle affaire.

16

Nous attaquâmes le dernier trimestre avec une impatience fébrile. Que faisait Papa, pourquoi ne revenait-il pas, faudrait-il encore l'attendre longtemps ?

Nous apprîmes le 1er mai la libération de son camp. Cette fois, il n'y avait plus de problème : Papa allait revenir d'un jour à l'autre ! Maman décida d'aller l'attendre à Paris et de m'emmener avec elle. Je ne connaissais pas encore la capitale et n'avais jamais pris le train ; c'est trop peu dire que le voyage m'émerveilla.

Nous débarquâmes gare d'Austerlitz au petit matin ; il pleuvait et je fus déçu de ne point voir la tour Eiffel dès la sortie de la gare. Notre oncle Pierre, un des frères de Papa, nous attendait. Nous nous installâmes dans sa Juvaquatre bleue et mes yeux n'étaient pas assez grands pour faire connaissance de toutes ces nouveautés. Notre oncle nous hébergea chez lui, à Rueil. Je plongeai sans transition dans une vie féerique. Ici, plus de gâteau à la citrouille ni de pommes de terre bouillies ; non, les repas étaient de vrais repas, plantureux, savoureux, époustouflants. Même les petits déjeuners étaient exceptionnels et je redécouvris l'existence des croissants, des brioches et du chocolat.

Cernée par un jardin, la maison de notre oncle

s'élevait au bord de la route qui mène à Paris. Cette route devint pour moi la plus belle des attractions. Puisque, d'après Maman, nous ne passerions là que quelques jours, on me laissa une grande liberté quant à l'emploi de mon temps.

Dès mon lever, je me précipitais hors du jardin, m'installais au bord de la route et regardais le défilé des troupes américaines. C'est incroyable ce qu'il passa comme véhicules de tout genre ! J'adressais, à chacun d'entre eux, le signe de la victoire avec mes doigts en V et n'étais pas peu fier lorsqu'on me rendait mon salut. Parfois, quand un embouteillage bloquait le convoi, les soldats me bombardaient à coups de chewing-gums et de tablettes de chocolat. J'étais fou de joie et lançais pêle-mêle des : *Thank you*, *How do you do* et des *Good-bye* tonitruants.

Je passais toutes mes journées au bord de cette route et mon enthousiasme ne tomba jamais.

Dès qu'il faisait nuit, je m'offrais un autre spectacle. Accoudé à la fenêtre de ma chambre, je scrutais le ciel et ne me lassais pas de regarder les feux clignotants des avions passant au-dessus de la maison. Ces petites lumières qui évoluaient en tous sens me fascinaient et seul le sommeil avait raison de ma curiosité.

Tout cela était bel et bon, mais Papa n'était toujours pas là... Maman se persuada qu'il débarquerait sans aucun doute à la veille de la Victoire et autorisa tout le reste de la famille à venir nous rejoindre. C'est donc tous ensemble que nous célébrâmes dignement ce 8 mai 1945. Le spectacle était dans la rue et, de ma vie, je n'ai vu autant de monde. Nous remontâmes les Champs-Elysées à la vitesse de la foule, c'est-à-dire en un long glissement qu'on aurait pris pour du surplace si l'on n'avait, de temps à autre, écrasé quelques pieds ou senti sur ses orteils l'empreinte d'un talon... Et malgré cela, aucun d'entre nous ne se perdit ! L'allégresse battait de toutes parts, nous y participâmes tout en déplorant l'absence de Papa. Car, bien entendu, il n'était toujours pas de retour.

La famille repartit pour Brive dans les jours suivants et seuls Maman et moi restâmes à Rueil. Je repris mon poste sur la route et les jours coulèrent. Maman, qui s'impatientait de plus en plus, multiplia les démarches pour essayer de savoir ce que pouvait bien fabriquer son époux. Elle finit par apprendre qu'il avait décidé de rester dans son camp jusqu'à la totale évacuation de tous les déportés. Maman jugea qu'il faisait du zèle, protesta pour la forme, mais je suis bien certain qu'elle fut très fière de lui.

Quand le 30 mai arriva, Papa n'était toujours pas là. Je fus déçu car le 30 mai, c'est mon anniversaire et j'avais secrètement espéré recevoir Papa en cadeau. Ce matin-là, je me postai comme chaque jour sur le bord de la route. J'étais installé depuis une demi-heure lorsque Maman me rejoignit en courant. Papa était à Paris, elle venait de l'apprendre par un coup de téléphone !

Alors, cette fois, ça y était enfin ! Il allait venir, on allait le voir ! Chose curieuse, je me sentis intimidé par l'annonce de ces retrouvailles. En deux ans et demi, j'avais complètement perdu l'habitude d'avoir un père. Ce n'était pas faute d'en parler, pourtant, mais j'avais oublié ce que l'on doit dire et faire lorsqu'on a un père. Je gardais un souvenir très précis de lui, mais le souvenir d'un enfant de deux ans et demi plus jeune — et, en trente mois, ça change beaucoup un enfant. Je devinais confusément que je ne retrouverais pas mon père tel que je me le figurais, que l'idée qu'il m'avait laissée de lui ne correspondrait plus à la réalité, que j'allais devoir le redécouvrir avec des yeux neufs.

Maman voulut l'attendre devant la maison. Nous commençâmes à faire les cent pas. Sous prétexte d'actions de grâces, mais surtout pour calmer son impatience, Maman commença à réciter le chapelet. Elle s'arrêtait parfois au milieu d'un Ave lorsqu'une voiture venait vers nous, pour reprendre sa litanie quand elle nous avait dépassés. L'attente fut longue et, lassé du chapelet, je quittai Maman pour courir un peu sur le trottoir.

Je vois encore la Citroën grise et bruyante qui s'arrêta devant la maison. Un squelette au crâne tondu et aux loques rayées en descendit. Il fallut que Maman m'appelle pour que je me précipite vers cet inconnu qu'on me disait être Papa.

17

Nous quittâmes Rueil dès le lendemain, tant Papa avait hâte de retrouver le reste de la famille. Notre arrivée en gare de Brive fut mémorable. Il y avait un monde fou. Papa eut à peine le temps d'embrasser mes frères et mes sœurs, car il fut littéralement rapté, porté en triomphe, couvert de fleurs. Toute l'assistance se rua en direction de la salle des fêtes où un vin d'honneur était prévu. Il y eut des discours et des gerbes, des applaudissements, des ovations, des serments de fidélité, c'était le vrai cirque. Je ne réalisai pas sur le coup que nous assistions là à un nouveau départ de Papa qui, à peine revenu, se trouvait plongé dans une vie politique qu'il ne devait plus jamais quitter.

Maman apprécia moyennement l'entrée de son époux dans la vie publique. Elle se fit néanmoins une raison en se souvenant sans doute que la véritable vocation de Papa était née depuis juin 1940. Elle comprit que la politique était la suite logique de la Résistance et de la déportation, qu'il n'était pas question d'échapper à l'enchaînement et que le général de brigade à titre temporaire avait, plus que jamais, besoin d'aide. Elle déclara simplement que Papa se lançait dans une vie de fou et lui emboîta le pas. Quant à nous, les enfants, cette nouvelle orientation ne nous étonna pas outre mesure tant elle nous semblait naturelle.

Ce qui m'étonna beaucoup plus, quelques mois après, ce fut l'incroyable tenue des adultes. Un soir, où j'avais suivi mes parents à une réunion électorale, j'assistai à un spectacle qui dévalua singulièrement l'idée que je me faisais des grandes personnes.

Ce soir-là, Papa eut beaucoup de mal à se faire entendre. La foule (pour moi c'était celle qui l'avait reçu avec des fleurs et du champagne) était franchement hostile. On entendait des voix avinées qui parlaient de cassage de gueule, de règlement de comptes et autres amabilités. Mieux, lorsque nous eûmes réussi, avec quelque peine, à rejoindre notre voiture, les pierres commencèrent à tomber sur la carrosserie... Il y avait vraiment de quoi troubler mon opinion au sujet de la politique! Après les embrassades, c'étaient les pavés, et tout le monde trouvait ça normal; alors, puisque c'était normal, autant m'y habituer, c'est ce que je fis.

C'est au milieu de ces divers événements que nous apprîmes un jour, à notre grande stupéfaction, que notre frère aîné était enfin fiancé, ou plus exactement qu'il avait enfin osé déclarer sa flamme.

Il faut dire que Pierre, malgré ses multiples qualités, ne brillait pas alors par un excès d'audace. Il y avait longtemps que nous subodorions quelque chose, que nous sentions d'instinct la proche arrivée de notre première belle-sœur. Mais les semaines s'écoulaient sans que rien ne se passe. Pierre, qui n'a jamais été d'un naturel très loquace, s'enfermait dans un farouche mutisme dès qu'il croyait deviner dans nos propos une quelconque allusion à l'élue de son cœur. Cela n'aurait point été grave s'il nous avait réservé l'exclusivité de cette attitude. Hélas, il agissait de même avec la malheureuse jeune fille qui n'attendait pourtant qu'un mot pour lui tomber dans les bras. Elle devait être au supplice, la pauvre, car elle était aussi bavarde que notre frère muet! D'accord, ça faisait la moyenne, mais ce n'était quand même pas à elle à prendre les devants! Pierre se consumait donc sans mot dire pendant que sa future moitié se desséchait en palabrant.

Par chance, Maman devina la situation, enquêta auprès de notre frère qui la renseigna du mieux qu'il put à grand renfort de silences révélateurs. Une fois qu'elle fut en possession de données claires et nettes, elle invita notre frère à se montrer plus expansif lors de sa prochaine entrevue avec la jeune fille.

Il fut très vite évident que Pierre ne suivait pas ce judicieux conseil et que l'affaire risquait de finir aussi mal qu'un mélodrame de l'époque du muet. Il fallut donc que Maman laissât planer la menace d'aller elle-même demander la main de sa future belle-fille pour que Pierre se décidât enfin à ouvrir la bouche! Il parla donc et nous en restâmes tous cois de surprise, car nous nous attendions à tout, sauf à un discours de sa part. Malgré notre stupeur, nous exigeâmes que sa fiancée nous fût présentée dans les plus brefs délais. Nous étions enchantés de son arrivée et il était indispensable de lui faire partager notre joie. De plus, il était bien normal qu'elle fît notre connaissance. Pierre amena donc Catherine. Je ne sais ce qu'elle pensa de notre famille nombreuse. Sans doute se sentit-elle un peu perdue au cours de sa première visite, on l'aurait été à moins. Elle se fit malgré tout assez vite à l'idée qu'elle possédait désormais trois sœurs et trois frères de plus et que c'était tout à fait supportable.

A l'annonce des fiançailles de Pierre, succéda une nouvelle qui se tailla, elle aussi, un franc succès. Nous apprîmes, un jour du mois de novembre, que Papa venait d'être appelé à remplir de hautes fonctions au sein du gouvernement. Nous jugeâmes que la blague était bien bonne et ne prîmes jamais très au sérieux cette promotion. Oh, nous étions heureux et fiers de cette nomination, mais le moins qu'on puisse dire est qu'elle ne nous monta point à la tête. Il devenait ministre des Armées ? C'était une bonne chose, puisque cela nous permettrait de découvrir un monde nouveau et d'en tirer les enseignements. Cela mis à part, il nous eût semblé du plus parfait mauvais goût de jouer pour autant les parvenus. Nous prîmes cette affaire avec simplicité, ce qui eut pour avantage de nous éviter plus tard, bien des désillusions.

Puisque la fonction de Papa le mettait dans l'obligation de vivre à Paris, nos parents trouvèrent plus simple d'y regrouper toute la famille. La transplantation se ferait en deux convois. Dans le premier figureraient Jacqueline, Françoise et moi — les deux filles avaient virtuellement fini leurs études ; quant aux miennes, vu leur niveau, on pouvait sans danger y pratiquer une légère entorse. La seconde fournée n'arriverait qu'une fois le trimestre fini, car Papa ne voulait pas que Bernard et Yves interrompent la classe. Ils furent laissés à la garde d'Annette, supervisée elle-même par bonne-maman. Seul Pierre resterait à Brive pour s'occuper du bureau et également de ses affaires de cœur.

Ainsi fut fait et, du jour au lendemain, je me trouvai plongé dans un monde dont je n'avais jamais soupçonné l'existence.

Je quittai Brive en emportant l'indéracinable idée qu'il était, entre autres, tout à fait normal de faire moi-même mon lit, de cirer mes chaussures, de m'effacer devant toutes grandes personnes, d'être servi le dernier à table, d'aider à faire la vaisselle, de me laver à l'eau froide, bref, d'appliquer les principes inculqués par Maman et mes sœurs. J'étais très loin de me douter de ce qui m'attendait...

Nous n'avions aucun point de chute à Paris, mais, dès notre descente du train, nous fûmes pris en charge par un chauffeur à casquette. Il nous conduisit jusqu'à une énorme Buick qui m'impressionna beaucoup, car elle n'avait qu'un très lointain rapport avec notre Citroën familiale. Les coussins étaient de véritables canapés, le tableau de bord rempli de cadrans chromés, quant au chauffeur, il ne s'adressait à Maman qu'en usant d'un « Mâdâame » long comme la voiture. J'en avais plein la vue. Je fus encore plus ébahi lorsque nous arrivâmes à l'hôtel. Je n'étais jamais entré dans ce genre d'établissement et n'avais aucune idée de ce que cela pouvait être. J'étais donc plutôt perdu lorsque nous débarquâmes au *Claridge*. Le *Claridge*, ce n'était pas le premier bouge venu...

Je fus tout d'abord choqué parce qu'un monsieur galonné refusa de me laisser porter ma petite valise et également de franchir la porte avant moi. Eh quoi ! étions-nous chez les fous ? Depuis quand un enfant de mon âge avait-il droit à de tels égards ? C'était le monde renversé ! De plus, mais je ne pouvais en croire mes oreilles, cet homme me gratifiait de très sérieux « Monsieur » :

— Que Monsieur me donne ses bagages... Si Monsieur veut bien passer...

Incroyable, vous dis-je ! Incroyables aussi cet ascenseur, ces moquettes et cet appartement parfumé (oui, oui, avec du vrai parfum) dominant les Champs-Elysées.

Je ne cacherai pas qu'il me fallut plusieurs

jours pour m'habituer à toutes ces nouveautés. De ma vie, je n'avais jamais usé d'une baignoire aussi vaste, de savonnettes si parfumées, de peignoirs si doux, de lit si moelleux. Comme on se fait à tout, je me mis peu à peu dans l'ambiance. Je crois, par contre, que la femme de chambre eut du mal à se plier à nos principes. Elle fut franchement décontenancée quand elle constata, le premier matin, que nos lits, qu'elle se proposait de faire, étaient déjà refaits. Il y avait là quelque chose qui ne cadrait pas avec le standing du *Claridge*. Ne risquait-elle pas de se retrouver au chômage si tous les clients agissaient de la sorte ? Depuis quand faisait-on soi-même son lit ? Qu'est-ce que c'était que ces manières, hein ?

Elle eut donc une petite moue vexée qu'elle retrouva chaque matin devant le spectacle désolant de nos lits toujours faits.

Le lendemain de notre arrivée, Papa nous emmena visiter son ministère dans lequel on était en train de nous aménager quelques chambres. Nous fîmes le tour de cet immense bâtiment qu'est le ministère de la Marine. Je fus, là encore, fortement impressionné ; les couloirs n'en finissaient pas ; quant aux pièces, elles me semblèrent presque aussi grandes qu'un hall de gare. Nous rencontrâmes aussi quelques huissiers qui m'intimidèrent. Je ne compris pas du tout pourquoi ils portaient une chaîne autour du cou, mais comme ils ne semblaient pas en souffrir, j'en déduisis que c'était sans doute une sorte de décoration. Comme il y avait également une profusion d'officiers de marine et de matelots, je songeai que ce cadre serait idéal pour jouer à S.T.T. dès qu'Yves serait là.

A midi, nous déjeunâmes au ministère. Ce ne fut pas une petite affaire de manger en de pareilles conditions ! Je me sentis d'abord tout petit dans cette salle à manger aux lustres énormes, aux tapisseries gigantesques. J'eus de plus la certitude d'être épié par le marin qui faisait le service. Il était un peu là, le matelot ! Figé à quelques pas derrière Maman ; ses yeux furetaient sur la table à la recherche du verre à remplir, de la soucoupe à pain à approvisionner, de l'assiette vide à faire disparaître. Il passait les plats sans un mot et, alors que j'avais l'habitude d'être servi par Maman, je fus mis en demeure de puiser moi-même dans le plat qu'il me présentait. Le maniement des fourchettes et cuillères frappées de l'ancre marine soulevait de gros problèmes. Il eût été du plus mauvais effet de répandre de la sauce sur le tapis ou sur la nappe. Je dus donc apprendre à me servir correctement et à manger sous le regard impassible de notre surveillant en col blanc.

Ce cérémonial ne semblait pas gêner mes parents. Ils étaient à l'aise et j'en conclus que tout ce que je voyais faisait partie de la vie courante d'un ministère. Alors, autant en prendre tout de suite mon parti. Il me fallut néanmoins quelque temps pour ne plus être intimidé par ce protocole digne d'un navire amiral.

Nos chambres n'étant pas encore prêtes, nous passâmes une dizaine de jours à faire la navette entre l'hôtel et le ministère. Nous allions à la Marine pour les repas et repartions coucher au *Claridge*. C'était une drôle de vie et je commençais déjà à regretter la belle liberté de notre ferme corrézienne. Un jour enfin, nous pûmes nous installer au ministère. On m'attribua une chambre où auraient facilement bivouaqué trois sections de fusiliers marins, bateaux compris ! Ah, c'était grand, mais ça manquait vraiment d'arbres ; spacieux, mais sans soleil. Une très belle maquette de trois-mâts, quelques tableaux de batailles navales, un énorme globe terrestre et mon lit meublaient la pièce. C'était peu, car il était rigoureusement interdit de jouer avec le beau trois-mâts.

Ma première idée fut quand même de voir si ce voilier n'aurait pas meilleure allure au milieu de la baignoire; un bateau, c'est bien prévu pour flotter, non ? C'était compter sans la prudence et la perspicacité du conservateur des lieux. La maquette était superbe, mais fermement vissée à son socle... Alors, pas de tempête en salle de bains.

Mais, que faire pour passer le temps ? Je fus vite écœuré par les visites aux musées, églises et expositions dont mes sœurs raffolaient. La Sainte-Chapelle est magnifique, le Louvre époustouflant, soit, mais quand ils succèdent à la découverte de Notre-Dame, de Saint-Julien-le-Pauvre, de Saint-Séverin, du Panthéon, quand vous avez couru du tombeau de Napoléon à la guillotine du musée Carnavalet en passant par l'Arc de Triomphe, la tour Eiffel, les catacombes et les arènes, la Joconde a beau vous sourire, vous lui trouvez mauvaise mine, surtout si vous avez l'âge de jouer aux billes ! Au bout de quelques jours, j'eus des hoquets d'ogives gothiques, des renvois de Vénus de Milo, des aigreurs de monuments. Les journées étaient longues, je ne savais comment m'occuper. Ce fut pour meubler mon temps libre que j'entrepris de partir à la découverte de cette immense jungle qu'était le ministère. Ma première exploration consista à essayer de retrouver l'emplacement du bureau de Papa. Il était loin de ma chambre; se lancer ainsi sans guide devenait une belle expédition. Je connaissais en gros le cheminement qui devait m'y conduire, mais j'avais, hélas, omis quelques détails qui faillirent m'être fatals.

D'abord, il y avait des glaces partout et rien

n'est plus traître qu'un miroir, il crée des mirages, il désoriente. Je me perdis dès que j'eus quitté notre appartement. J'avançai dans le couloir et s'il me sembla bien que ce n'était point le bon, je le parcourus quand même jusqu'au bout. J'ouvris une porte, vis un grand escalier qui descendait en cataracte vers des abîmes mystérieux. J'aperçus soudain en face de moi, de l'autre côté du palier, un petit garçon qui se penchait dans l'entrebâillement d'une porte. Il me fallut bien cinq secondes pour comprendre que ce petit garçon n'était autre que moi et qu'une de ces maudites glaces venait de me jouer un tour. Un peu vexé de m'être fait prendre, je décidai de partir à l'aventure et m'engageai dans l'escalier. Il était long et plein d'embûches ; des portes et des couloirs s'ouvraient par endroits et je regrettai vite de m'être lancé dans une si folle histoire. A force de descendre, j'arrivai dans une cour inconnue remplie de voitures. Il ne faisait aucun doute que le bureau de Papa n'était pas dans ce secteur. Déjà angoissé, je fis demi-tour et m'élançai dans l'escalier. C'est très difficile de remonter à contre-courant.

Seigneur, où était la bonne porte ? Elles se ressemblaient toutes ! J'en ouvris plusieurs, glissai une tête hagarde que je retirai précipitamment devant la mine stupéfaite d'un officier ou d'une secrétaire surpris dans leur bureau. Oh, que j'étais mal parti !

Je m'imaginais déjà errant sans espoir de couloir en couloir, de porte en porte, trahi et bafoué par tous ces miroirs, obligé de camper sur un palier désert où je mourrais de faim et de soif. A force d'ouvrir des portes je finis enfin par retrouver la bonne. Je soupirai d'aise car je revenais de loin. Je savais désormais à peu près où je me trouvais. Certes, ce couloir n'était pas celui qui aboutissait chez Papa, mais une des portes qui étaient là devait me permettre de retomber à mon point de départ. J'en poussai plusieurs avant de dénicher celle qui m'avait permis de venir là et me sentis tout de suite mieux. Déjà influencé par la marine, je fis le point ; malgré l'absence de boussole et de sextant, je déduisis que je m'étais trompé de deux portes et que celle qui me faisait face devait automatiquement me donner le vrai chemin. Je la franchis donc et débouchai dans un salon inconnu.

Il y avait de quoi devenir fou !

Tentant le tout pour le tout, je traversai la vaste pièce, m'engouffrai dans la première ouverture que je trouvai. Je faillis pleurer de rage en arrivant dans le couloir dont j'avais eu tant de mal à sortir. Rendu prudent par l'expérience, je fis demi-tour et regagnai mon point de départ. Que faire ? Dire pouce et rejoindre ma chambre ? Non, pas question. Je poussai une autre porte et, mon Dieu que c'était bête, c'était celle-là qu'il fallait prendre dès le début, pourquoi n'y avais-je point songé ! Le vrai, le bon couloir s'ouvrait devant moi. Je vis tout au fond un huissier à chaîne et m'avançai vers lui.

Le sort était contre moi car l'huissier m'expliqua que le bureau de Papa était plein de monde et que mon intrusion serait sans doute assez mal vue.

Ah bon ? Eh bien ! puisque c'est comme ça, je regagne mes terres ! Assez fier malgré tout d'avoir presque atteint mon but, je réintégrai ma chambre en méditant déjà une nouvelle expédition.

Je ne restai pas longtemps inactif car, gagné par la fièvre de la découverte, j'entrepris, le jour même, une autre exploration. Elle fut couronnée de succès et les lieux enchanteurs où ma curiosité me porta devinrent aussitôt mon refuge préféré ; j'y établis sans hésiter mon quartier général.

Pour tout dire, l'atoll féerique où je jetai l'ancre était constitué par la cuisine et l'office. Quel endroit magnifique, quel pays de rêves ! Dès mon débarquement, je fus reçu avec enthousiasme par les indigènes qui peuplaient cet îlot. J'y retrouvai notre second maître ; c'était lui qui faisait fonction de maître d'hôtel, il avait l'œil à tout et une grande connaissance du protocole. Je reconnus aussi Jean, André, Guy et Joël, les quatre matelots qui, à tour de rôle, venaient servir à table. Et enfin, je fis la connaissance du cuisinier : homme admirable ! Il connaissait son affaire et pratiquait son art culinaire avec autant de conscience professionnelle qu'un moine miniaturiste enjolivant la sainte Bible.

Je me sentis immédiatement à l'aise. Ici, plus trace de marins figés dans d'impeccables garde-à-vous et surveillant votre assiette. Plus de voix au ton respectueux, aux mots choisis, aux formules étudiées, plus de Monsieur le Ministre ni de Madame est servie. Ici, c'était tout à la fois la cambuse, l'honnête bistrot, la cuisine de grand hôtel, la salle de jeux. Nos serveurs n'étaient plus ces personnages de cire qui m'impressionnaient pendant les repas, le seul fait de changer de secteur les transformait en jeunes matelots chahuteurs, à l'affût de la blague à faire, de l'histoire égrillarde à conter, bref, ils retrouvaient leur vraie personnalité.

Je fus on ne peut mieux accueilli et une chaude sympathie s'installa parmi nous. Le cuisinier me mit d'emblée une casserole entre les mains, me donna une cuillère et m'invita à nettoyer le fond de crème au chocolat dont, paraît-il, il ne savait que faire.

Comment résister devant de pareilles marques d'amitié ? Je ne résistai pas...

18

Que diriez-vous si vous vous trouviez, du jour au lendemain et sans aucune préparation, convié à assister à une bonne quinzaine de projections d'un même film ? Sans doute apprécieriez-vous les premières séances, à condition toutefois que le scénario soit drôle. Malgré tout, et quel que puisse être votre humour, le plus comique des gags finira bien par vous irriter. Vous connaîtrez les répliques par cœur, ferez les mimes avant l'acteur et souhaiterez un peu plus de renouvellement.

C'est bien ce qui m'arriva. Je fus enchanté par les premiers arbres de Noël auxquels Maman et moi fûmes invités. Je n'avais jamais rien vu d'aussi beau, les clowns, les équilibristes, les jongleurs et prestidigitateurs me remplirent d'admiration. Comme de plus il y avait une distribution de jouets, je me croyais au paradis. Je commençai cependant à déchanter quand arriva le sixième ou septième arbre de Noël. En effet, et pour bon spectateur que je fusse, force m'était bien d'admettre que le programme était toujours le même. Phénomène tout à fait logique lorsque les artistes appartiennent à une troupe qui « fait » les arbres de Noël.

Nous avions beau, Maman et moi, passer de l'arbre de Noël des enfants de mutilés de guerre, à celui des enfants de prisonniers, tout en faisant un crochet pour assister à celui des orphelins, sans oublier d'aller à celui des enfants de troupe, des enfants de déportés, des enfants dont le père avait la médaille de la Résistance, j'en passe et j'en oublie, nous tombions invariablement sur la même équipe d'animateurs et je recevais neuf fois sur dix un jouet rigoureusement semblable à ceux que j'avais reçus aux séances précédentes.

Vous penserez que j'étais bien exigeant et que rien ne m'était dû. C'est exact ; malgré tout, essayez de comprendre. Quand vous avez vu douze fois de suite un Auguste s'asseoir à côté de sa chaise, que vous savez, avant même qu'il ne commence, qu'il a un pétard dans le fond de son pantalon et que ça va faire du bruit, même si vous êtes de bon tempérament, l'envie vous prend de crier : change de disque ! Il arrive même un moment où vous ne comprenez plus pourquoi tout le monde rit, tellement la farce vous semble banale.

Maman se lassa avant moi et me fit accompagner par mes sœurs aussi souvent qu'elle le put. Nous fîmes donc les arbres de Noël et, croyez-moi si vous le voulez, j'en ai encore jusque-là ! Je dois cependant dire, pour être tout à fait objectif, que je fus souvent très heureux en recevant certains jouets. Nous sortions de la guerre et je me sentais gâté au-delà de mes désirs. Grand Dieu, je n'en demandais quand même pas tant, surtout du même modèle ! J'en fis donc bénéficier mes amis les marins, les chauffeurs, etc., bref, tous ceux de notre entourage qui avaient des enfants de mon âge.

Ces dons furent sans mérite : on est généreux à bon compte quand on a du surplus.

Bonne-maman, **Pierre** et sa fiancée, **Annette**, Bernard et Yves débarquèrent peu avant Noël. La famille était au complet pour les fêtes.

Je fus heureux de l'arrivée de mes frères, car, malgré mes séjours à la cuisine et les arbres de Noël, il m'arrivait de trouver le temps long. Bernard et Yves portaient toujours leurs fameux costumes pied-de-poule. Celui de Bernard était parfait, quant à celui d'Yves, eh bien ma foi...

Je me souviens que ni l'un ni l'autre n'avaient de manteau. Ils étaient venus avec leur cape de louveteaux et, comme il faisait froid, ils étaient chaussés de leurs gros croquenots. Notre second maître feignit de ne point voir que les clous rayaient le parquet ciré et marquaient les moquettes et s'il pensa que mes frères avaient une drôle d'allure au milieu du grand salon, il se garda bien de le laisser paraître. Peut-être songea-t-il que les tapisseries des Gobelins en avaient vu d'autres.

Nous préparâmes Noël et, pour ne point faillir à la tradition, Maman installa la crèche sur le dessus de la cheminée. Après la messe de minuit à la Madeleine (mais était-ce une messe ou une présentation de mode?), nous eûmes un remarquable réveillon servi par nos marins en tenue numéro 1. Bernard et Yves, qui découvraient cette vie ministérielle, ouvraient des yeux comme des soucoupes, quant à moi, je crânais presque autant que s'il y avait eu dix ans que je menais cette vie-là!

Après le réveillon, nous déposâmes nos souliers devant la cheminée en souhaitant être plus vieux de quelques heures.

Qui eut cette lumineuse mais folle idée? Germa-t-elle dans le cerveau de Maman ou dans celui d'une de nos sœurs? Je l'ignore, toujours est-il qu'il me semblerait aujourd'hui un peu loufoque d'offrir des patins à roulettes à trois garnements bloqués dans un appartement. Bien sûr, nous fûmes fous de joie en découvrant ces patins ! C'étaient encore des modèles de guerre, avec des semelles en bois et des roulements sans billes. Peu nous importa et nous les trouvâmes épatants. Ils étaient beaux, oui, mais des patins à roulettes, c'est fait pour servir et pour servir au plus vite...

Où aller ? Nous ne savions pas encore que le jardin des Tuileries, à deux pas de là, nous aurait permis de faire nos premiers essais. Non, nous étions enfermés dans ce ministère, mais bien décidés malgré tout à faire un prompt usage de nos cadeaux. Bernard, Yves et moi, nous nous esquivâmes subrepticement. Je conduisis mes frères jusqu'au grand couloir, que je connaissais bien maintenant. Nous chaussâmes nos engins et prîmes le départ.

Si je peux vous donner un conseil, n'essayez pas de patiner sur de la moquette, c'est trop mou, les roues s'enfoncent et laissent de vilaines marques... Nous comprîmes vite que le couloir ne valait rien, non à cause de sa longueur, mais de son sol. Alors, où trouver une aire aussi vaste dépourvue de tapis ? Du ciment nous aurait convenu, du bitume également, du marbre aussi d'ailleurs... Du marbre, du marbre, où avais-je vu du marbre ? Attendez... mais oui ! sur la galerie, celle qui est ornée de colonnes et qui surplombe la place de la Concorde ! Voilà la meilleure piste dont on pût rêver ! Nous ne pensâmes pas que notre projet manquait de sérieux et que l'architecte du ministère allait se retourner dans sa tombe en nous voyant évoluer sur son dallage. Il est très beau, ce dallage, lisse, fin, glissant comme vous n'en avez pas idée. Nous en usâmes jusqu'à perdre le souffle tant cette piste était bonne.

De plus, la vue sur la Concorde ne manquait pas d'intérêt, on a un beau coup d'œil de là-haut. C'est ainsi qu'en ce jour de Noël 1945, nous commîmes le sacrilège de faire du patin à roulettes sur la galerie du ministère de la Marine.

Nous comprîmes, dès le lendemain, qu'il ne fallait pas compter récidiver. Oh! nous essayâmes, mais notre terrain étant bordé par des bureaux, force nous fut de battre en retraite sous les regards courroucés des employés du ministère. Il faut bien comprendre que ces gens-là étaient habitués à la tranquillité. Nos passages répétés sous leur nez et le bruit que nous faisions n'étaient pas prévus dans l'apprentissage d'un bon fonctionnaire; s'il n'est même plus possible de somnoler à son bureau, c'est la fin de tout. Nous partîmes donc mais en nous promettant de revenir entre midi et deux heures, le samedi, le dimanche, les jours de congé, pendant les ponts, en somme, très souvent.

Mais où jouer en attendant ? Eh, dans notre chambre pardi ! Je l'ai dit, elle était vaste et, chose importante, sans tapis. Alors roulez patins.

Tout aurait été pour le mieux si nous n'avions point été novices en patinage. Le manque de pratique me trahit. Je calculai bien mon coup pourtant. Partant de la porte, il me semblait facile de traverser la pièce en diagonale et d'atterrir sur mon lit; la présence au milieu du parcours de l'énorme globe terrestre (il était plus haut que moi) ne pouvait qu'ajouter une petite difficulté, donc un certain charme.

Que se passa-t-il au juste ? Nul ne le sait. Mon voyage débuta pourtant bien, je m'élançai d'un coup de talon qui me donna une bonne vitesse de croisière. Et soudain le globe fut sur moi, enfin si l'on veut, car il n'avait pas de patins, lui... Peu importe d'ailleurs. Tout ce que je sais, c'est que je me trouvai brutalement avec le nez sur l'Amérique du Nord; je perdis pied, tentai en vain de me rattraper à l'équateur, de me cramponner à un méridien. Ah, oui! A moi le sol, la Terre m'abandonne!

Frappé par un météore à roulettes, le monde vacilla du Groenland aux Kerguelen, chuta vers les abîmes et explosa avec un épouvantable fracas en touchant le dallage. Vous parlez d'un cataclysme...

Je m'étalai au milieu des morceaux et me coupai un peu la main sur un bout d'océan et les genoux sur l'Everest ou l'Australie car, il n'y a pas de quoi rigoler, elle était en verre cette Terre! Je réalisai tout de suite l'étendue de la catastrophe; on ne refait pas le monde comme ça, sur un simple désir, même si on est jeune. C'était d'ailleurs trop tard car Maman était déjà là, attirée par le bruit. Je crois que seule notre grand-mère n'avait rien entendu, et encore je n'en suis pas certain. La bêtise étant de taille, il fut décidé que je m'en souviendrais; je m'en souviens, la preuve. En plus de la confiscation des patins, de la suppression des desserts pendant je ne sais plus combien de jours (heureusement que j'avais mes entrées à la cuisine...), Maman exigea que je présente mes excuses au conservateur.

Fichtre, il n'était pas commode, ce monsieur-là! Il prit la chose de très haut, me fit l'historique du globe, depuis son origine jusqu'à sa triste fin, me cita les noms des personnalités de tous poils qui l'avaient fait tourner d'une main négligente en discutant de son avenir.

Comme j'osais lui rappeler que la sphère était déjà abîmée avant mon forfait — ce qui était exact, il lui manquait un morceau de Russie — il me fit taire en me rétorquant sèchement que l'absence d'un bout de Sibérie n'empêchait pas la Terre de tourner. En revanche, et par ma faute, seul le socle pourrait peut-être servir encore. Je gardai le silence, ce qui me valut un nouveau couplet sur les enfants dissipés et sur les inconvénients qui surgissent lorsqu'on fait du patin à roulettes dans des lieux historiques.

Il sortit enfin ; Bernard, Yves et moi défîmes avec amertume les lanières de nos patins.

Plus de patins, alors que faire sinon visiter le ministère de la cave au grenier ? Mes frères et moi, nous entreprîmes une vaste prospection. La chance nous guida un jour jusqu'à un petit escalier mystérieux. Avides de nouveauté, nous l'empruntâmes et c'est ainsi que nous découvrîmes le toit. Il devint un excellent terrain de jeux ; nous nous cachions derrière les cheminées, grimpions aux échelles, courions dans les profondes gouttières que cernait une longue rambarde en pierre.

Nous avions de là-haut une vue imprenable sur la rue de Rivoli, la place de la Concorde et les Tuileries, la rue Royale et tous les toits de Paris. Nous ne nous vantions pas de nos escapades et restions toujours évasifs au retour de nos expéditions. Nous passâmes ainsi d'inoubliables vacances de Noël.

Nous étions déjà bien habitués à cette vie lorsque Maman nous annonça que nous allions déménager. Elle nous assura que nous ne perdions pas au change, qu'il y avait un jardin attenant à notre future résidence et que nos amis les marins demeuraient avec nous. Nous bouclâmes les valises et quittâmes sans regret des lieux trop vastes, des tapisseries, des meubles et des globes trop fragiles pour nous.

19

Notre nouveau logis nous plut d'emblée. C'était un petit hôtel particulier situé au numéro 5 de la rue François-Ier. Les pièces avaient une dimension décente et l'on ne ressentait pas, comme à la Marine, l'impression de vivre dans un musée. Le quartier était calme et, de nos fenêtres, nous apercevions les quais et le cours Albert-Ier. Le jardin hébergeait quelques marronniers et des plates-bandes de gazon, c'était appréciable.

On nous demanda, dès notre arrivée, de ne pas faire trop de bruit car un amiral célibataire et mystique occupait le rez-de-chaussée de l'hôtel. Pour éviter tous heurts entre lui et nous, Maman installa nos chambres au dernier étage. Nous nous trouvâmes ainsi sur le même palier que les marins et cela se révéla très appréciable.

Nous étions installés depuis quelques jours quand, un matin, deux journalistes débarquèrent chez nous. Les journalistes, on le sait, sont des gens remplis d'idées, peut-être ne sont-elles pas toutes bonnes mais c'est une autre histoire. Ils expliquèrent à Maman qu'ils travaillaient pour les actualités cinématographiques et qu'ils avaient pour mission de filmer notre si belle, si grande, si sympathique famille nombreuse. Maman ne fut pas dupe, répondit qu'il était antiéducatif de nous laisser supposer que nous étions des exceptions et que tout en resterait là ! C'était méconnaître ses interlocuteurs...

Voyant sa réticence, les journalistes commencèrent un siège en règle.

A les croire, il était de notre devoir de citoyens de montrer à la France entière le visage souriant de notre si belle, si grande, si... etc., famille nombreuse. Oui, ils reconnaissaient bien que c'était une corvée, mais quoi, chacun ne doit-il pas faire son devoir et remplir jusqu'au bout le rôle que le destin lui a assigné ? Tous les spectateurs avaient le droit de découvrir l'émouvant spectacle de notre si belle, si... etc., famille nombreuse.

Comme ils devenaient larmoyants et que rien ne laissait pressentir une retraite de leur part, Maman abdiqua, persuadée en fin de compte que nous nous en tirerions avec une classique photo de groupe.

C'était compter sans le génie inventif du metteur en scène. Non ! Non ! il ne voulait pas une simple photo de famille, c'était trop courant, trop terne, trop statique ! Ce qu'il désirait était beaucoup plus original, cela changerait des habituels clichés. Pour sortir de la routine, pour faire vrai, il fallait nous filmer en train d'aménager, ni plus ni moins !

Maman lui rétorqua que nous étions déjà installés et que nous n'allions pas refaire nos valises pour lui faire plaisir.

Refaire les valises ? Non, bien sûr que non ! Mais faire semblant, ça ne serait pas beau, ça ne serait pas gentil tout plein ? et si naturel !

Non ? Non ! Bon, alors faire au moins semblant d'entrer pour la première fois dans l'hôtel en portant quelques petits paquets.

Maman comprit qu'elle devait faire des concessions et accepter le principe de la fausse

131

arrivée. Le monsieur des actualités insista pour que toute la famille fût là ; Maman battit le rappel et nous descendîmes dans la cour. Il y avait donc Maman, Pierre et Catherine, Jacqueline, Annette, Françoise, Bernard, Yves et moi. Nous étions neuf, neuf dis-je, retenez bien ce chiffre. Papa travaillait et il eût été fort imprudent d'aller le déranger pour une plaisanterie de ce bois-là.

Lorsque nous fûmes prêts, l'ordonnateur du spectacle nous distribua quelques colis bien enveloppés, mais vides, et des objets d'usage courant. Françoise se retrouva ainsi avec une lampe de chevet dont elle ne savait que faire et tenta vainement de se dissimuler derrière nous. Elle avait bonne mine avec sa lampe ! Le journaliste nous détailla d'un œil satisfait, fit installer la caméra et se préparait à donner le départ lorsqu'une idée le traversa : c'était l'idée de sa vie, que dis-je, l'idée du siècle ! Pour faire vrai, pour faire vivant, il fallait coûte que coûte nous filmer descendant de voiture ! Mais attention, pas tous ensemble, non, un à un, pour bien donner aux spectateurs le temps de nous compter.

Ça commençait vraiment à bien faire ! Passe pour la fausse arrivée et les faux bagages mais il ne fallait pas abuser. D'ailleurs nous n'avions pas d'auto puisqu'elle était réservée à Papa ; alors zéro pour la descente.

Mais il y tenait, le bougre, il la voulait sa prise de vue...

Pas de voiture, pas de voiture, ça devait pouvoir s'arranger... Il eut alors sa deuxième idée de génie. Puisque lui-même possédait une voiture, pourquoi ne pas en faire usage ? Nous nous tournâmes vers son véhicule et il y eut quelques secondes de silence avant qu'éclate notre fou rire. Je l'ai dit, nous étions neuf et malgré notre bonne volonté il nous était physiquement impossible de nous loger à neuf dans la Simca 5 que l'on nous proposait. Neuf personnes dans une auto de deux places, ce n'était pas possible. D'accord, on pouvait s'installer sur le capot, le toit, les ailes, les pare-chocs, mais est-ce que ça ferait très sérieux ?

Le monsieur nous rassura. Allons, allons, pas d'affolement, tout cela pouvait s'arranger avec un peu d'astuce. Il ouvrit les deux portes de sa mini-auto, enleva la banquette et nous groupa derrière la voiture. A son commandement, nous devions traverser l'auto, bondir au-dehors et courir vers la caméra. Cela donnerait, sans aucun doute, une image choc !

Annette proposa ingénument d'établir une ronde, le premier sortant allant reprendre son tour derrière nous et ainsi de suite ; de cette façon le spectateur serait comblé et puisqu'il voulait voir une famille nombreuse, on pouvait lui en offrir une de trente ou quarante enfants, tout dépendant du nombre de tours...

Le projet fut assez sèchement refusé et l'on nous invita à prendre place. Seule Maman échappa à la corvée. Nous sortîmes donc, un à un, mais tous les huit, de la petite Simca 5 et le cinéaste s'estima satisfait. Il nous regroupa pour une dernière vue d'ensemble, filma notre entrée dans l'hôtel et nous rendit enfin la liberté.

J'ai l'impression, avec trente-cinq ans de recul, que ce gars-là était un joyeux plaisantin et qu'il nous mit en boîte, à tous les sens du mot.

Tout cela était bien beau, mais il nous fallut reprendre le chemin de l'école. Je n'irai pas jusqu'à dire que nous en fûmes enchantés. Bernard et Yves furent dirigés vers un établissement dont je reparlerai. Comme je ne pouvais, vu mon âge, y être admis avant l'année suivante, Maman dénicha une petite école non loin de Saint-Pierre-de-Chaillot et m'y fit inscrire. Pour mes frères et moi, le changement fut brutal. Habitués à notre sympathique école briviste, nous tombâmes sans préparation dans un univers plutôt réfrigérant. Tellement réfrigérant que je décidai de me mettre en hibernation et d'y rester le plus longtemps possible. Je ne sortais de ma torpeur qu'à l'approche des séances de gymnastique, ce qui, d'après mes sœurs, était le propre des cancres. Si je dormais en classe, il n'en allait pas de même à la maison. Dès mon arrivée, je me glissais dans la cuisine sous le prétexte de goûter : disons que je m'offrais un cinq à sept journalier. Il y avait toujours des restes de desserts qui m'attendaient. Le cuisinier et les marins veillaient à ce que ces prétendus restes fussent importants, tellement importants que je crois bien qu'ils les fabriquaient à mon intention. Parfois le cuisinier me mitonnait des petites tartes ou des chaussons aux pommes, j'étais traité comme un roi.

Bernard et Yves se sentaient eux aussi attirés par la cuisine, mais ils restaient le soir à l'étude et avaient moins que moi l'occasion d'y séjourner. Ils passaient malgré tout leur plus petit temps libre à l'office ou à la cuisine, ou encore dans la chambre des marins. Ces derniers nous adoptèrent. Ils nous initièrent un peu à leur métier, nous enseignèrent qu'il n'est pas difficile de mettre bâbord et tribord à leurs places respectives, que le nœud marin correspond à un mille marin par heure, soit 1 852 mètres à l'heure, et que la tradition veut que le matelot chargé de sonner le clairon soit aussi le coiffeur de l'équipage, ce spécialiste étant baptisé « Biniou ».

Ils nous apprirent aussi à jouer aux cartes et

au ping-pong et Joël, qui possédait un banjo, ne perdait jamais une occasion de nous charmer.

Il y avait aussi, de temps à autre, les fameux soirs de réception. Ces jours-là, c'était le branle-bas dans l'hôtel et je savais très bien que je devais me faire tout petit pour être admis dans le saint des saints que devenait la cuisine. La préparation du repas et de la table occupait tout le monde ; il n'était pas question alors de se trouver entre les jambes des marins, il fallait se faire oublier au maximum.

Avec mes frères, nous attendions patiemment que le repas fût bien lancé ; nous suivions sa progression en observant le passage des plats ; quand la salade arrivait, c'était bon signe : son apparition nous signifiait qu'avant vingt minutes la cuisine deviendrait on ne peut plus intéressante.

Pour ne pas nous ennuyer et nous mettre en appétit en attendant la fin du repas, nous allions rôder dans le vestibule où les invités avaient déposé, qui son képi, qui sa casquette. Papa était tenu de recevoir beaucoup de monde, les généraux et les amiraux débarquaient chez nous en rangs serrés et il y avait ces soirs-là un cordon de gardes républicains sabre au clair, tout le long du grand escalier. C'était du grand spectacle. Mais venons-en aux faits...

Ah ! qu'ils étaient beaux ces képis, qu'elles étaient chatoyantes ces casquettes ! Ces couvre-chefs devaient donner fière allure aux têtes qui les portaient ! Fière allure, pas toujours. Voyez-vous, nous n'étions pas grands et les propriétaires de ces képis avaient de grosses têtes...

Le premier que j'essayai ne m'impressionna pas malgré sa flopée d'étoiles, mais il me tomba jusqu'aux épaules... Il était délicatement parfumé et lorsque, après l'avoir retiré, je regardai l'intérieur, je lus : général de Lattre de Tassigny.

Je le prêtai à Yves qui, en échange, me passa la casquette de je ne sais quel amiral; elle m'allait un peu mieux. Pendant ce temps, Bernard, un képi coquinement incliné sur l'oreille, se pavanait devant la glace; il avait aussi trouvé un stick et se voyait déjà sur le front des troupes!

L'excursion dans la penderie faisait donc partie de nos habitudes. C'est incroyable ce que nous avons essayé comme coiffures! Tous les grands généraux de l'époque nous « prêtèrent » leurs étoiles et nous étions très fiers de porter un Juin, un Leclerc ou un Kœnig. Mais il nous fallait user d'une extrême prudence. Essayer un képi, c'était excitant, mais se faire surprendre par le propriétaire ou par Papa était une éventualité que nous ne voulions même pas envisager tant elle nous semblait terrible. Nous étions donc très circonspects mais assez audacieux malgré tout pour récidiver à chaque réception. Au cours de l'une d'elles, nous découvrîmes la splendide casquette d'un invité de marque. Je ne sais ce qu'était venu faire ce soir-là Son Altesse Bernard de Hollande, mais le fait est que nous essayâmes tous son chef-d'œuvre de chapellerie pendant qu'il cassait tranquillement une petite croûte. J'ignore pourquoi nous baptisâmes ce malheureux Bernard de Hollande du doux nom de Colas de Hollande; tout ce que je puis dire, c'est que nous passâmes une joyeuse soirée. Nos sœurs elles-mêmes succombèrent à la tentation et vinrent nous rejoindre. C'est dire si c'était passionnant!

L'essayage nous faisait patienter en attendant le dessert. Nous nous installions dans la cuisine dès que le fromage était servi. Devant nous s'étalaient les mets délicieux qui allaient sous peu subir l'épreuve de la table. Nous suppution à l'avance quelle serait l'importance de notre part et regardions partir les plats avec un peu d'appréhension.

Dès qu'ils étaient de retour, c'était à nous de jouer. Nous avions malgré tout un fond de bonne éducation et ne touchions à rien ; nous attendions, pour entreprendre le nettoyage, que les marins ou le cuisinier nous donnent le feu vert et des cuillères.

Alors, et puisqu'on nous y invitait, il aurait été incorrect de refuser, il ne fallait pas vexer le chef...

Je passais de longues heures en compagnie des marins et, comme je n'avais pas ma langue dans la poche, ils comprirent que le plus beau cadeau qu'ils pourraient me faire serait de m'offrir un lance-pierres. Je ne sais où ils le trouvèrent, mais un jour ils m'en donnèrent un. C'était le plus beau que j'aie jamais vu. Son manche de buis était parfait, ses élastiques d'une longueur idéale. Il me parut indispensable de l'essayer tout de suite. Oui, mais nous étions en plein Paris et mon champ de tir était de ce fait très réduit. Que faire pour prouver à mes donateurs que je savais me servir de ce si bel engin ? Jetant un coup d'œil dans la cour, j'y vis quelques moineaux qui picoraient. Voilà de belles cibles ! Les cailloux ne manquaient pas, car il y avait dans l'hôtel (vieux reste de guerre, sans doute) plusieurs bacs à sable mis là en cas d'incendie. Le sable était bourré de silex, de beaux silex bien réguliers. J'armai mon lance-pierres et ouvris la fenêtre sous l'œil goguenard de mes amis. Peut-être les malheureux pensaient-ils que je m'étais vanté et que j'allais leur donner la preuve de ma gaucherie. Les moineaux parisiens sont complètement idiots, ils ne bougent pas plus que des isolateurs de poteaux électriques ; les isolateurs, ça me connaissait...

Paf!... Un premier moineau tressauta sous le coup et retomba sans vie. Je réarmai très vite et envoyai un second moineau au paradis de ses ancêtres; les autres piafs comprirent enfin que le secteur devenait malsain et filèrent vers des lieux moins dangereux. J'étais fier comme un pape. Les marins, par contre, me regardaient d'un œil inquiet et je pense qu'ils regrettaient, déjà, de m'avoir armé. Ils n'avaient pas tort...

Tout alla pourtant bien pendant quelques jours et je me contentais en tirant sur des boîtes de conserve vides installées dans un coin de la cour. Vint un moment où ce ne fut plus drôle, je partis donc en quête de cibles plus alléchantes. Je ne tardai pas à en découvrir une belle. Dieu qu'elle était provocante! Je résistai plusieurs jours à la tentation et puis, n'y tenant plus, je me coulai à pas de loup à bonne portée de mon objectif. D'accord, ce n'était ni spirituel ni original, c'était même idiot. Figurez-vous que j'avais repéré qu'une de nos fenêtres donnait sur une courette intérieure; il y avait de là une vue plongeante sur la façade interne de l'immeuble jouxtant le nôtre. L'endroit, crasseux à souhait, était toujours désert. Quant aux ouvertures, je ne sais pourquoi elles me donnaient l'impression d'appartenir à des appartements vides. Je pense maintenant qu'il s'agissait des fenêtres des waters. Toujours est-il qu'il y avait là un bon nombre de carreaux; vous devinez, je suppose, la suite de l'histoire.

Ne vous laissez cependant pas emporter par votre imagination, il n'y eut jamais de chute de verre brisé. C'était même vexant pour moi! Bien entendu, je fis mouche au premier coup et je m'attendais à voir dégringoler la vitre. Pas question, elle était en verre armé! Ma pierre y dessina une belle étoile, mais ce fut tout. Les cailloux suivants créèrent une véritable petite galaxie, mais la vitre resta quand même debout. Je m'acharnai pendant deux ou trois jours et, ne voyant aucune trace de vie derrière cette fenêtre mutilée, je me crus à l'abri de toute plainte, donc de punition.

J'eus froid dans le dos quand je constatai, le quatrième jour, que le carreau avait été changé... Ah! ah! il y avait donc quelqu'un dans cet appartement et ce quelqu'un venait de changer la vitre. N'était-ce pas un défi qu'on me lançait ? Allais-je rester passif, battre en retraite, me faire oublier ? Non, les hostilités venaient de s'ouvrir et, d'un maître coup, je signifiai à mon voisin inconnu que j'étais toujours là et qu'il fallait autre chose qu'un carreau neuf pour m'arrêter.

Ce qu'il advint alors fut mystérieux : mon lance-pierres disparut le jour même... J'eus beau interroger les marins, tous restèrent muets. Hum, c'était bien louche, on ne perd pas un lance-pierres en l'espace d'un après-midi ; il y avait anguille sous roche. Je compris que notre voisin avait dû se lasser (à mon avis, il ne fut que trop patient) et sans doute dit quelques mots à nos braves marins. Ceux-ci durent se sentir un peu responsables puisqu'ils m'avaient armé ; de là à penser qu'ils avaient subtilisé mon lance-pierres, il n'y avait qu'un pas, que je franchis.

Je fis donc semblant de croire à la perte de mon arme tout en sachant bien qu'on me l'avait confisquée. J'en eus la preuve trois mois plus tard, lorsque je dénichai mon lance-pierres sur un dessus d'armoire. Il n'était pas venu là tout seul. Je le repris discrètement, montai le cacher dans ma chambre et n'en fis plus usage, tout du moins à Paris.

20

Les femmes ont quelquefois des idées fixes. Cela n'aurait aucune importance si elles les gardaient pour elles. Elle se croient malheureusement toujours tenues non seulement d'en faire part à leur entourage, mais surtout de les faire admettre. Un jour donc, Françoise décida, tenez-vous bien, qu'il m'était indispensable d'apprendre à faire le baisemain. Le baisemain ! Non mais, je vous demande un peu : avais-je une tête à faire le baisemain !

Voyant ma réticence, Françoise feignit de ne pas insister, mais n'eut de cesse, à mon insu, de préparer ses batteries. De mon côté, je n'avais prêté qu'une oreille distraite à cette demande ridicule ; l'ayant rejetée avec dédain, je me croyais à l'abri et n'y pensais même plus. C'est alors que Françoise passa à l'attaque.

Puisqu'elle ne pouvait pas me contraindre par la force, elle usa des armes propres aux femmes. Elle se fit câline — c'était trop rare pour être honnête —, persuasive, enjôleuse et commença à me démontrer qu'il était nécessaire de me plier à sa volonté. D'abord, c'était très, très distingué, de plus, c'était ce que devaient faire les enfants bien élevés, ensuite cela ferait une si belle surprise pour Papa et Maman ! Comme j'opposai un veto sans appel, elle essaya pendant plusieurs jours de vaincre ma décision.

— Si tu étais gentil, si tu voulais me faire plaisir... Tu verras, c'est la meilleure façon de saluer les dames !

Je vous jure qu'elle ne plaignit pas sa peine. Voyant enfin que ses propos ne m'influençaient pas, elle essaya du chantage. Oui, oui, elle alla jusqu'à me promettre une petite récompense, un petit cadeau ! Quoi ? Oh ! on verrait bien, mais avant tout, il fallait que j'apprenne à faire le baisemain. C'était une obsession ! Quand elle m'eut bien cassé les oreilles, je compris qu'il était grand temps de dénouer la crise, faute de quoi je m'exposais à m'entendre seriner la même demande pendant quinze ans. Je lui répondis donc que je n'avais pas du tout envie de me ridiculiser en léchant la main des dames et que, si elle insistait, je serais dans l'obligation de mordre les premiers doigts qui me passeraient à portée de la bouche. Françoise me traita de sale gosse et m'assura que je devrais bien un jour, lorsque je serais grand, me plier à cet usage. Eh bien, non ! Je me suis promis à cette époque de ne jamais faire le baisemain et j'ai tenu parole.

Il faudrait interdire la vente de pétards aux mineurs, peut-être l'est-elle d'ailleurs ; dans ce cas-là, on devrait quand même avoir grand soin de les rendre d'un emploi tellement compliqué qu'un enfant ne saurait les mettre à feu. Ce ne fut pas le cas de l'énorme pétard qui tomba en ma possession. Je compris tout de suite à quoi servait la mèche. Il est bien évident que notre cousin Jean-Jacques aurait pu se dispenser de me faire un pareil cadeau. C'est vrai quoi, je n'avais pas de chance ! D'abord des patins à roulettes dans un appartement, un lance-pierres, maintenant un pétard, pourquoi pas une luge ou une paire de skis ?

Dès que j'eus ce pétard, mon premier soin fut d'aller le faire admirer par les marins. Je dois dire qu'ils furent presque tous unanimes à me déconseiller son emploi... L'un d'eux me proposa même de prendre l'engin dans son armoire où il serait plus en sécurité que dans la mienne !

Je dédaignai l'offre et demandai si ça faisait vraiment du bruit. On m'affirma que oui.

Deux jours s'écoulèrent sans que j'ose faire usage de ma bombe miniature. Pourtant, à force d'y penser, j'en vins à me dire qu'il était idiot d'attendre plus longtemps. Le diable se mêle de tout et ce fut sans doute lui qui me fit rencontrer mon complice. Ce fut bel et bien un marin, Jean, le plus farceur de tous, celui qui avait souri lorsque j'avais montré mon explosif à ses camarades. Oui, le diable était avec nous. Le second maître et deux matelots, absents pour l'après-midi, ne pouvaient donc pas nous dissuader, quant à André, le quatrième, il n'était pas dangereux. Maman se trouvait à l'étage du dessous et offrait le thé à quelques dames. Nous étions donc libres d'agir.

Oui, mais où le mettre, ce pétard ? Nous calculions les meilleurs objectifs tout en marchant dans le couloir, lorsque nous aperçûmes André en train de faire sa toilette. Il se préparait à sortir et, s'étant mis torse nu, se badigeonnait généreusement le visage de savon à barbe. Derrière lui, dans un angle de la salle d'eau, s'ouvrait la porte des waters ; elle donnait sur un petit coin rudimentaire, nanti de deux patins et d'un trou. Jean et moi n'eûmes point besoin de nous concerter. Je présentai la mèche à l'allumette enflammée que me tendit mon comparse. Il y eut un petit grésillement et je lançai ma bombe en direction des w.-c.

Le pétard dérapa sur la cuvette, tournoya, tomba enfin dans le trou plein d'eau et je pensais déjà que l'affaire était ratée lorsqu'une formidable explosion ébranla tout l'immeuble. En même temps, un geyser jaillit des cabinets tandis que le malheureux André braillait comme un corsaire pris de boisson. Il avait du savon à barbe jusqu'au front, mais cela ne l'empêcha pas de nous voir. Rendu furieux par notre rire, il s'élança vers nous en brandissant son pot à savon et son blaireau.

Nous opérions une retraite précipitée vers le fond du couloir lorsque Maman apparut. Jean se figea, je sifflotai et notre poursuivant réintégra les toilettes. Toutes les canalisations de l'hôtel gargouillaient encore, évacuaient le tartre, se débouchaient...

Ça avait fait beaucoup de bruit... Plus de bruit que prévu, puisque l'amiral du rez-de-chaussée était monté jusque chez Maman pour enquêter sur les causes d'un tel fracas. Quant aux dames qui prenaient le thé, elles en tremblaient encore. D'accord, elles se trouvaient chez l'épouse d'un monsieur qui avait des rapports certains avec l'artillerie, mais cela ne justifiait quand même pas une pareille salve !

Que dire, que répondre à Maman ? Nous marmonnâmes quelques explications peu claires. Mon copain, malgré sa tenue de marin, n'avait pas du tout envie de se jeter à l'eau et moi non plus. Il résulta de nos balbutiements qu'un courant d'air très violent avait fait claquer une porte, mais alors ce qui s'appelle claquer... Maman ne nous crut sans doute pas, car ça puait la poudre ; par chance, ses invitées l'attendaient. Elle se contenta de notre histoire oiseuse et nous laissa. Ouf, sauvés ! Mais ne me parlez plus de pétards en appartement. Mon complice et moi, nous nous congratulâmes chaudement et partîmes nous enquérir de la petite santé du sinistré. La vache ! il nous attendait avec un plein seau d'eau !

Je vous assure qu'il y avait de saines distractions dans cet hôtel.

La chambre réservée aux marins étant à deux pas de la nôtre, j'y faisais de fréquentes visites. J'étais toujours bien reçu et si Joël se trouvait là, il prenait son banjo et se lançait dans son récital favori. Il ne jouait ni du Chopin ni du Bach, mais plutôt des airs dans le genre : *C'était un petit porte-bonheur, un petit cochon avec un cœur*, ou encore : *Elle avait de tout petits petons, Valentine*, ou bien : *Ah ! le petit vin blanc, qu'on boit sous les tonnelles*, et aussi : *Chéri, les jardins nous attendent*...

Je trouvais ça fort à mon goût, d'autant plus que Joël avait une curieuse façon de battre la mesure. Il portait un dentier et, avant d'attaquer les refrains, il décrochait son appareil d'un coup de langue, le sortait aux deux tiers de sa bouche et imitait ainsi un superbe roulement de castagnettes. C'était du grand art ! Plein d'admiration pour une telle prouesse, je regardais claquer ses fausses dents en regrettant presque de ne pouvoir en faire autant.

Un matin, alors que Joël grattait ses cordes et que j'étais assis sur un des lits, mes yeux se portèrent sur l'étagère qui se trouvait à côté de moi. Il y avait là un paquet de cigarettes, un calendrier réclame, du papier à lettres, bref, le bric-à-brac habituel. Je regardais tout cela sans y faire attention lorsqu'un petit paquet attira mon regard. Je le détaillai d'abord sans y toucher : de la taille d'un demi-jeu de cartes, il était plié dans de la cellophane.

— C'est quoi ? demandai-je, en le désignant.

Joël posa son banjo, s'empara du paquet et le plaça dans une armoire.

— C'est rien, dit-il en reprenant son instrument, ça ne peut pas t'intéresser...

Et si, justement ! Je décidai d'en avoir le cœur net et, peu après, alors que la chambre des marins était déserte, je courus jusqu'à l'armoire et glissai le paquet dans ma poche. De retour dans ma propre chambre, j'observai mon larcin. Je lus tout d'abord l'inscription, mais comme elle était en anglais, je ne fus pas plus avancé pour autant. La phrase : *For hygiene and security* et la croix rouge me laissèrent indifférent. Tout cela n'expliquait rien. Dévoré par la curiosité, je déchirai l'enveloppe et constatai avec joie que le paquet contenait une bonne douzaine de baudruches en latex. Ah ! la fameuse aubaine ! Les marins n'avaient que faire de ces ballons juste bons pour les enfants !

Je soufflai dans l'un d'eux sans plus attendre ; il gonfla, gonfla encore. Je m'arrêtai lorsque je le jugeai à la limite de l'explosion et deux faits m'intriguèrent. D'abord, son manque de couleur ; il était translucide au lieu de rouge, vert ou bleu comme je l'attendais. De plus, il n'était pas rond mais oblong. Il me fit penser à un de ces ballons captifs d'observation que l'on nomme saucisse. Peut-être en était-ce une maquette ! Content de ma trouvaille, j'eus hâte d'en faire part à Yves. Nous étions un jeudi, cela tombait très bien. Dès que mon frère fut de retour (moins chanceux que moi, il avait classe le jeudi matin), je lui fis part de ma découverte. Il en fut aussi heureux que moi. Le repas à peine achevé, nous nous ruâmes vers notre chambre. Quatre ou cinq ballons furent gonflés sur-le-champ et Yves, qui avait déjà des dons pour la peinture, les orna de croix gammées et de hublots. Nous transportâmes ensuite nos saucisses en haut du grand escalier ; il ne nous restait plus qu'à effectuer le lancement dans la cage et à nous transformer en D.C.A. La manœuvre réussit à merveille. Les ballons descendirent mollement vers l'entrée, accompagnés de nerveuses rafales de mitrailleuse. Nous les suivîmes de palier en palier tout en les gratifiant d'un tir nourri.

Quelle ne fut pas notre surprise lorsque, arrivant dans l'entrée, nous ne trouvâmes nulle trace de nos cibles. Quel était ce miracle ?

Il y avait au rez-de-chaussée, à côté de la porte, un poste de garde occupé en permanence par trois hommes. C'étaient, si je me souviens bien, des policiers de l'armée de l'air ; ils étaient souvent relevés, nous ne les connaissions pas. Est-ce que par hasard ces gars-là auraient eu l'audace de nous chiper nos ballons ? Nous leur demandâmes timidement s'ils n'avaient pas vu nos saucisses. Non, ils n'avaient rien vu, rien du tout.

Yves et moi n'osâmes insister ; ces types-là n'avaient pas l'air commode avec leurs casquettes plates, leurs baudriers et leurs mitraillettes en sautoir. Nous nous tûmes, mais n'en pensâmes pas moins. Il était évident que les gardes avaient subtilisé nos ballons. Oser nier comme ils le faisaient relevait de la plus flagrante mauvaise foi. Comment pouvaient-ils mentir avec autant de culot et, d'ailleurs, est-ce que notre jeu les dérangeait ? Non ? alors ! Heureusement que nous possédions encore plusieurs baudruches. Nous remontâmes dans notre chambre pour gonfler les dernières.

Mais, attention, avant de procéder au largage, n'était-il pas prudent de tenter une expérience, d'envoyer en quelque sorte un ballon-sonde ?

C'est ce que nous fîmes et, au lieu de lancer tout notre stock, nous ne sacrifiâmes qu'une saucisse. Elle descendit d'étage en étage, se heurtant parfois à la rampe, rebondissant, se balançant ; nous étions restés tout en haut et observions sa chute. Elle passa devant le premier étage, atteignit le sol. Elle n'eut même pas le temps de rebondir que déjà une main était sur elle. Pffuit ! disparue ! Ah, les chameaux ! c'étaient donc bien les gardes. Oh ! mais attendez, si vous voulez le prendre comme ça, on va rire !... Je courus d'un trait à la cuisine, y prélevai quelques dizaine de mètres de ficelle à faufiler et rejoignis Yves.

Nous attachâmes un bout de ficelle à la queue d'un nouveau ballon, et vogue la galère ! Il descendit en virevoltant et arriva dans le secteur dangereux. La main, toujours elle, se tendait déjà lorsque je tirai sur la ficelle. Le ballon remonta jusqu'au premier et Yves et moi éclatâmes de rire en voyant la tête dépitée d'un garde. Ah ! mais sans blague, à malin malin et demi !

Puisque notre ruse avait réussi, nous décidâmes d'attacher ainsi tous nos ballons et de les lâcher ensemble. Ce fut assez réussi, du moins pendant la descente car, à la remontée, nos ficelles s'emmêlèrent puis s'accrochèrent à la rampe à la hauteur du premier. Nous dégringolâmes à toute vitesse et heureusement pour nous, car nous arrivâmes quelques secondes avant l'un des gardes, lequel, se voyant pris de court, redescendit piteusement. Mais qu'est-ce qu'ils avaient à vouloir nous prendre nos jouets ? C'était incroyable, à la fin ! Nous démêlâmes nos dirigeables et reprîmes notre manège.

Il fut de courte durée, car soudain, pendant une nouvelle descente, des mains jaillirent de tous les étages. Je reconnus des bras de matelots, de second maître, l'un d'eux me sembla même appartenir au cuisinier ! En un tournemain, c'est bien le cas de le dire, tous nos ballons disparurent. C'était rageant et d'autant plus que les récupérateurs ne l'avaient pas fait pour rire. Et puis, pourquoi un tel acharnement ?

Nous ne comprîmes que plusieurs années plus tard pourquoi les marins avaient voulu coûte que coûte, discrètement et surtout sans explication, retirer de la circulation ces ballons qui n'en étaient pas.

21

Nos journées étaient bien remplies, les mois passèrent sans que nous nous en rendions compte. Malgré l'événement que je viens de relater, nous étions toujours au mieux avec les marins — ils avaient bon caractère ! — et lorsque l'été arriva, nous déplorâmes qu'ils ne puissent nous suivre en Corrèze. Nous abandonnâmes quand même Paris sans regret ; l'existence que nous y menions avait du bon, mais elle n'arrivait pas à la cheville de celle que nous vivions à la campagne.

Pierre épousa Catherine en juillet 1946 et dut, pour la circonstance, ouvrir la bouche au moins deux fois de suite. Il murmura le oui que le maire et le prêtre l'invitèrent à prononcer, estima qu'il en avait suffisamment dit pour le restant de ses jours et passa la parole à sa femme : elle l'a depuis plus de trente ans...

Ce mariage fut le grand baroud de l'été. Puisque ce jour était exceptionnel, on nous autorisa, mes frères et moi, à fumer. Faveur sans précédent ! Certes, nous n'avions pas attendu ce jour pour tâter de la Camel ou de la Gauloise, mais jusque-là, nous n'avions pu le faire qu'en contrebande. En l'honneur de Pierre et de Catherine, nous eûmes le droit de fumer, mais le tabac étant nocif, la permission fut réglementée.

Maman et nos sœurs s'accordèrent pour dire que deux cigarettes seraient bien suffisantes pour des gamins de notre âge.

Deux cigarettes pour une journée de fête, ça ne va pas loin... Malgré cela, si l'envie vous prend un jour d'autoriser vos enfants à fumer, croyez-moi, ne posez pas de conditions, sauf si vous êtes capables d'en surveiller de très près l'application...

Ce jour-là, nous fumâmes comme des crapauds et nous eûmes beau jeu à le faire. A tous les adultes qui nous interrogèrent quant au nombre de cigarettes déjà grillées, nous fîmes la même réponse : jusqu'à la mi-journée, nous fumâmes toujours notre première cigarette, par la suite ce fut la seconde. Allez donc prouver le contraire lorsqu'on vous explique avec force détails que l'on est en train de commencer le deuxième tiers de la première Craven allumée devant vous le matin même...

Nos sœurs ne furent sans doute pas aussi dupes que nous le crûmes, mais quoi, on ne marie pas son frère aîné tous les jours !

Le reste des vacances fut classique et, par là, j'entends excellent, comme tous les séjours passés à la ferme. Quand la fin septembre arriva, nous reprîmes sans aucun entrain la direction de Paris.

J'avais désormais l'âge, je fus donc inscrit à la même école que mes frères.

Ce n'est pas manquer à la charité de dire, pour définir cet établissement, que c'était une vraie boîte. Je n'ai pas encore très bien compris quels furent les mobiles qui poussèrent Papa dans son choix. Il crut bien faire, c'est certain, et comme il n'avait pas beaucoup de temps à nous consacrer, sans doute espéra-t-il que de sérieux éducateurs contrebalanceraient cet état de choses. Jésus-

Marie-Joseph ! De deux choses l'une, ou bien nous étions d'irrécupérables vauriens, ou les charmants ecclésiastiques qui nous prirent en main n'étaient pas aussi remarquables que l'affirme la légende...

Cependant, comme il n'est pas impensable que certains lecteurs envisagent de confier leurs garçons à ce beau collège et que je m'en voudrais d'influencer leur décision, j'en tairai le nom et l'adresse.

Je me dois malgré tout de le situer.

Pour qu'il n'y ait aucune équivoque quant au fait que cette école est grande ouverte à tous, ses bâtiments s'élèvent dans ce quartier populeux et besogneux qui se situe aux antipodes de la Bastille, c'est vous dire si ça peut être crasseux. Je dirai à ceux qui ne connaissent pas la capitale que c'est dans ce secteur que l'on trouve le plus de terrains vagues — le fait que ces lopins soient ceinturés de grilles en fer forgé et qu'ils ressemblent à des parcs ne change rien à l'affaire, il ne faut pas se fier aux apparences. Lorsque enfin je vous aurai dit que la majorité de nos camarades de classe n'avaient pas de quoi prendre le métro et qu'ils étaient obligés de se faire conduire à l'école dans de vulgaires voitures américaines, vous conviendrez, je pense, de la pauvreté de ce périmètre. Cela dit, tout le monde avait le droit de se faire inscrire dans ce superbe établissement, car ses animateurs pratiquaient déjà un esprit œcuménique digne de tous les éloges. En effet, à condition d'être catholique, de se plier à l'obligation d'assister tous les matins à la messe, de fournir chaque samedi un billet de confession dûment signé, vous étiez reçus à bras ouverts. Si par-dessus le marché vous portiez un nom à particule, l'accueil devenait délirant. Si en sus de ces quelques petits détails, votre père possédait une usine ou autres babioles de ce genre, vous pouviez être certains que les braves éducateurs ne vous lâchaient plus ; ils poussaient même la conscience professionnelle jusqu'à vous faire redoubler autant de classes qu'il était nécessaire. En somme, je le répète, les portes étaient grandes ouvertes à tous...

Ma première journée de classe fut décisive. Elle me donna une vue définitive sur les méthodes pédagogiques de cette chère école.

Dès que nous fûmes entrés dans la classe, et après la récitation de la prière, la vieille fille qui allait être notre professeur nous tint selon l'usage le discours de « bienvenue ». Elle nous expliqua que nous n'étions pas ici pour dormir, que les bons élèves écoutaient toujours les maîtres en se tenant droit, les bras croisés, le regard franc. Elle nous rappela que le port des chaussettes longues était obligatoire et que ces chaussettes ne devaient jamais être en tire-bouchon et encore moins roulées sur les chevilles. Je me sentis directement concerné, car les miennes glissaient toujours en position basse ; ce n'était pas un principe, tout au plus une habitude. Elle aborda ensuite l'épineux sujet d'où allait naître le drame.

En entrant dans la classe, j'avais remarqué plusieurs gravures des fables de La Fontaine, affichées sur le mur du fond. Je n'y avais jeté qu'un rapide coup d'œil, mais elles m'avaient plu, car leurs traits ressemblaient un peu aux dessins de Benjamin Rabier que j'aimais beaucoup. Je dressai donc l'oreille, lorsque la maîtresse en parla. Elle pesa ses mots et prit son temps pour que le raisonnement qu'elle nous tint pénétrât au plus profond de nous. J'en retins les données et elles me semblèrent tellement tortueuses que je ne m'en suis pas encore remis !

Voici les points qu'il faut connaître pour comprendre la suite de cette triste affaire.

Oui, les gravures étaient belles. Mais il était rigoureusement interdit de se retourner pour les regarder. Alors pourquoi les avoir mises ? Pour nous habituer à résister à la tentation et intervenir énergiquement si nous y succombions !

On peut dire ce qu'on voudra : c'était du pur sadisme !

Quand la maîtresse eut achevé sa démonstration, elle nous fit signe de nous asseoir et commença à recenser son petit monde. Elle voulait tout savoir : nom, prénoms, date et lieu de naissance, établissements précédemment fréquentés, etc.

Mon tour arriva et je déclinai mon lieu de naissance :

— A Brive, Corrèze, dis-je.
— En Corse ? s'exclama la vieille fille.
— Non, en Corrèze.
— Eh bien ! parlez normalement si vous voulez qu'on vous comprenne !

Mon sang de Limousin ne fit qu'un tour. Eh oui ! j'avais un peu l'accent du sud de la Loire et alors, était-ce une raison pour faire exprès de ne pas me traduire ?

Je venais à peine de m'asseoir que cette histoire de gravures me trotta dans la tête. Ainsi donc elles étaient dans notre dos dans le seul but de nous tenter ? Et si je me retournais malgré tout ? Juste un coup pour voir et afficher ainsi mon mépris devant une interdiction stupide. J'amorçai une rapide rotation du cou, aperçus le Lion et le Rat et rien ne se passa. C'était trop facile, ça ne valait pas la peine d'en faire toute une histoire ! Pas mécontent de mon exploit, je le réitérai avec désinvolture. C'est alors que le plafond me tomba sur le crâne ! Je reçus une telle claque que mon premier mouvement fut de foncer tête baissée, mais je compris à temps que la maîtresse n'en serait pas mécontente ; elle venait de marquer un point, il était inutile de lui en donner un autre.

J'eus alors droit à un sermon par lequel cette aimable femme me démontra qu'elle avait vu mon premier geste, qu'elle guettait mon second, qu'il était vain d'essayer de jouer au plus malin, qu'elle en avait maté d'autres et saurait bien venir à bout de moi.

Ce qu'elle ne déduisit pas, ce fut qu'elle venait de perdre un élève...

22

Après une si chaleureuse prise de contact, mon premier soin fut de perfectionner mon système de défense tous azimuts. Rêver en classe est à la portée de n'importe qui, mais y parvenir en ayant l'air attentif est une autre affaire.

La première maîtrise à acquérir est celle qui gouverne le regard. Les yeux ne doivent être ni trop mobiles ni trop fixes ; dans le premier cas, on vous dit inattentif, dans le second on vous traite de bovin. Il faut donc déterminer la vitesse de croisière qui donne l'illusion de l'attention aux observateurs vigilants que sont les professeurs.

La deuxième règle à suivre est la domestication de l'ouïe ; on doit arriver à entendre sans écouter, tout en enregistrant périodiquement quelques bribes de cours.

Le troisième et dernier point consiste à appliquer simultanément et sans effort les deux précédents états. Cette opération exige un entraînement intensif, mais sa parfaite réalisation donne de grandes satisfactions.

Mais alors, me direz-vous, vous n'étiez qu'un affreux cancre et vous vous en flattez !

Non, je ne tire aucune gloire de toutes ces gamineries et surtout le mot cancre ne me semble pas être celui qui convient. La paix, je voulais, la paix, rien de plus ! Je ne demandais qu'une chose, me faire oublier de la maîtresse et pouvoir jouir en toute quiétude de l'état second où je me plongeais.

Pour bénéficier pleinement de ce privilège, il était indispensable, non seulement de ne pas chahuter, mais encore de m'intéresser à deux ou trois matières et surtout de toujours rendre des copies propres.

J'étais donc sage en classe, décrochais par-ci par-là quelques bonnes notes, mais me désintéressais complètement de tout le reste.

Le premier trimestre se déroula sans heurts, je n'en désirais pas plus.

Vers la fin du mois de décembre 1946. Papa fut mis tout bêtement au chômage, enfin presque. C'est là un phénomène très normal lorsqu'on fait de la politique.

Pour ce qui concerne Papa, on s'aperçut un jour qu'il détenait le même portefeuille depuis plus d'un an et que c'était proprement scandaleux pour une Quatrième République. On lui proposa, en contrepartie, je ne sais plus quel poste qu'il refusa dignement, désireux d'effectuer, lui aussi, sa traversée du désert.

Nous nous retrouvâmes à la rue du jour au lendemain. Il fallut refaire les malles et dire adieu à ce petit hôtel particulier de la rue François-Ier. Le vieil immeuble auquel nous avions donné un peu de gaieté ne survécut pas très longtemps à notre départ. Il fut rasé comme une vulgaire masure, le jardin bouleversé par les bulldozers, les marronniers arrachés, la cour d'entrée dépavée ; sur l'emplacement s'élève aujourd'hui un grand cube de béton abritant des bureaux fonctionnels. Il est probable que nulle baudruche ne descendra jamais dans les cages d'escalier...

Nous quittâmes les marins, ils nous jurèrent une éternelle amitié et partirent retrouver un protocole et un cérémonial plus orthodoxes mais beaucoup moins drôles. Ils avaient le cœur gros, nous aussi.

Comme nous n'avions pas encore trouvé notre point de chute, nos parents rapatrièrent une partie de la famille vers Brive et se mirent à la recherche d'un appartement. Seuls Bernard et Yves, tenus par leurs études, furent hébergés par notre oncle de Rueil. Ils firent matin et soir le trajet pour ne pas manquer une heure de cours ; ils ne gardent pas un très bon souvenir de cette triste période...

Pour ma part, j'eus une chance inouïe. Un autre de nos oncles — frère de Papa, lui aussi — invita notre grand-mère et nos trois sœurs à venir passer un mois chez lui ; il fut entendu que je ferais partie du voyage : je ne me fis pas prier.

23

Pour ne point faillir à la tradition familiale, l'oncle Marc était dans l'épicerie. Il vivait à Juan-les-Pins où il avait pignon sur rue à quatre-vingts pas de la plage et coulait depuis vingt ans des jours heureux.

Françoise, qui venait d'obtenir son permis de conduire, nous proposa d'effectuer le trajet en deux étapes. Nous nous pliâmes aux désirs du chauffeur et embarquâmes dans la vieille onze familiale. Bonne-maman installa à portée de main sa provision de morceaux de sucre et sa bouteille d'alcool de menthe puis donna le feu vert.

— Et surtout, sois prudente ! recommanda-t-elle à Françoise.

Pauvre Françoise, la route fut pour elle un long calvaire, car bonne-maman, non contente de tout ignorer de la conduite, se piquait en plus de donner des conseils.

— Attention au tournant... Prends garde à la voiture qui vient... Regarde ta route... Ne va pas si vite... Ne te laisse pas distraire par tes sœurs et vous, ne lui parlez pas... Laisse-le nous dépasser, va, nous avons le temps... Ralentis.

De temps à autre et pour se défouler, Françoise proposait hargneusement de céder sa place, mais bonne-maman étant sourde, cette redoutable proposition n'avait, Dieu soit loué, aucune chance d'aboutir.

En dépit de ce double pilotage, nous arrivâmes sans encombre jusqu'à Arles où nous nous arrêtâmes pour passer la nuit. Peu habitués à fréquenter les hôtels, mis à part le *Claridge*, nous choisîmes naïvement un boui-boui de dernière classe. Bonne-maman s'en aperçut trop tard et bouda le dîner en guise de représailles. Elle était très polie et ne fit aucune réflexion désobligeante à haute voix mais nous en chuchota quelques-unes comme chuchotent les sourds, c'est-à-dire que toutes les personnes présentes dans la salle à manger se tournèrent vers nous lorsque notre grand-mère nous dit en confidence :

— Ces haricots verts de conserve sont pleins de fils et toute cette huile d'olive me restera sur l'estomac !

Cet aveu, des plus discrets, fut sans doute entendu jusqu'aux cuisines car, sans doute pour faire bonne mesure, la salade qu'on nous servit par la suite flottait sur un bain d'huile.

Bonne-maman pinça les lèvres et garda le silence jusqu'à la fin du repas. Elle se rattrapa et donna libre cours à son indignation lorsque nous prîmes possession de nos chambres. Elle ouvrit tous les lits, scruta les draps d'un œil soupçonneux et déclara enfin d'une voix non dépourvue d'une légère satisfaction :

— J'en étais sûre, « ils » ont déjà servi !

Partant de là, il va de soi que les matelas se révélèrent avachis, les sommiers défoncés, l'éclairage pisseux, le lavabo bouché et le petit coin douteux. En résumé, notre grand-mère nous affirma qu'elle ne pourrait fermer l'œil de la nuit. Malgré tout, comme il était grand temps de dormir, elle déposa une de ses serviettes de toilette sur son oreiller, nous expliqua qu'elle s'isolait ainsi de la crasse, paraît-il visible sur la taie, puis se coucha. Elle le fit avec une répugnance manifeste, ce qui ne l'empêcha pas de dormir d'une seule traite.

Nous arrivâmes à Juan-les-Pins le lendemain soir et fûmes aussitôt pris dans la tornade permanente qui gravitait autour de notre oncle.

Quel étonnant personnage que cet oncle Marc. Célibataire endurci, il tenait tout à la fois de Gargantua et du petit Chose. Lorsque je dis « petit Chose », j'use d'un euphémisme des plus hardis, car notre oncle pesait, au bas mot, dans les cent vingt-cinq kilos ! Mais je me comprends. Il tenait de Rabelais par son formidable appétit, son esprit farceur, ses blagues énormes ; en contrepartie, il avait de Daudet un peu de ce caractère sentimental et attendrissant qui lui aurait fait donner sa chemise à un clochard pour peu que ce dernier ait une bonne tête, et qui lui faisait verser une larme au moment des adieux. Aimant rire et ne s'en privant point, toujours à l'affût du moindre canular, il n'engendrait pas la mélancolie.

Son magasin était fabuleux. On y trouvait les plus grands vins, les meilleures eaux-de-vie, le caviar le plus fin, les épices et sauces rarissimes, les conserves de grandes marques. Notre oncle n'était parfaitement heureux que devant ses étagères croulantes de marchandises et sa vitrine débordante de victuailles.

Spécialisé dans les denrées de haute classe, il se sentait déshonoré lorsqu'un client de passage, ignorant à qui il avait affaire, lui demandait des petits pois demi-fins, du mousseux ou de l'huile d'arachide.

— Monsieur, disait notre oncle avec hauteur, il n'y a ici que des extra-fins, du champagne millésimé et de l'huile d'olive vierge extra ! Ce que vous cherchez, achevait-il avait dédain, vous le trouverez dans un Monoprix ou dans une épicerie...

Et si l'autre s'étonnait, il s'entendait répondre avec la voix de Raimu, que notre oncle se plaisait à imiter :

— Ici, Môssieur, vous êtes dans le palais des fins palais ! Moi, Môssieur, je ne sers que les gastronomes... et les Anglais !

Il recevait en effet une grosse clientèle britannique et tenait à sa disposition ce qu'il appelait en faisant la moue « toutes ces cochonneries qu'ils adorent » ! Parlant bien l'anglais, il était au mieux avec tous les vieux lords du secteur. Il les servait en commentant en français leurs divers achats :

— Et une confiture de groseilles... pour manger avec le rôti, et une crème de menthe... pour les haricots blancs... Je me demande, mon bon, comment vous pouvez bouffer aussi mal !

Parfois aussi, quelques gentlemen aux tempes argentées mais aux yeux striés de rouge débarquaient chez lui en fin de soirée dans un but bien précis.

— Cognac, *please*, demandait l'Anglais.

— Je sais, je sais, tenez, prenez celui-là, *yes, yes, very good*, disait notre oncle en tendant une bouteille.

Puis, parlant pour lui seul : tout de même, je ne vais pas lui vendre ma fine Napoléon ; il n'a pas besoin de ça pour voir double... C'est malheureux, ils ne savent ni boire ni manger !

Pour l'oncle Marc, le bon cognac devait se déguster avec cérémonial, dans un grand verre ballon que l'on chauffe au creux des mains, que l'on hume respectueusement, où l'on aspire de temps à autre et en fermant les yeux une toute petite gorgée. Notre oncle se refusait à vendre de grands alcools à ceux qui en usaient comme d'un simple carburant. Il tenait à la disposition des amateurs d'ivresse systématique des fioles de tord-boyaux ; il les cachait, car elles dépareillaient ses rayons et lui faisaient honte ; il allait même jusqu'à perdre sur le prix de vente, mais avait sa conscience avec lui. C'était un authentique seigneur de l'épicerie fine !

A table, il devenait royal. Il servait le saumon fumé et le foie gras avec recueillement, mais dans des proportions phénoménales.

— Ah ! gémissait-il en s'attaquant à cent cinquante grammes de foie truffé, je n'ai plus le bel appétit de ma jeunesse !

Il oubliait de mentionner qu'il venait d'ingurgiter les trois quarts d'un bocal d'olives farcies et une demi-livre de crevettes en guise d'apéritif ! Ne s'arrêtant pas sur le fait que nous venions de passer plus d'un an à un régime ministériel, il nous traita comme si nous sortions des restrictions alimentaires de la guerre.

— Mangez, mes pauvres petits, mangez, mangez, vous êtes tellement maigres ! disait-il à chaque repas.

Il s'étonnait lorsque nous demandions grâce et déclarait sans rire qu'un demi-poulet par personne était une ration minimum pour un convalescent.

Ne possédant que deux pièces minuscules derrière son magasin, l'oncle Marc nous logea dans une villa de ses amis, une adorable petite maison noyée dans un jardinet où croissaient les orangers, les tamaris, les plantes grasses. Notre oncle, pourtant très pris par son commerce, profita de notre séjour pour s'accorder quelques vacances. Il nous fit visiter la Côte, de Saint-Raphaël à Monaco. Nous fîmes donc du tourisme et, pas une seule fois, nous ne coupâmes au cérémonial du goûter.

L'oncle Marc nous guidait vers un salon de thé

puis, lorsque nous étions bien installés, il se tournait vers la serveuse :

— Bon, disait-il. Eh bien, pour commencer, amenez-nous une montagne de gâteaux aux mouches écrasées et une cuve de chocolat.

Il y avait deux sortes de soubrettes : celles qui protestaient en garantissant avec énergie la propreté de leurs petits fours et celles qui ouvraient de grands yeux en souriant sans comprendre.

— Mais voyons, ma mignonne, insistait notre oncle, vous saviez bien ce que je veux dire, je vous parle de ces gâteaux avec des petits points noirs, c'est bien des mouches écrasées, non ?

— Mais Monsieur, ce sont des raisins secs !

— Des raisins secs ? Vous êtes sûre ? On m'a garanti hier que c'étaient des mouches. D'ailleurs, peu importe, j'en veux une montagne ! disait-il en traçant avec les mains un Everest de cinquante centimètres.

— Et pour le chocolat ?

— Une cuve, vous dis-je !

— Une tasse peut-être ?

— Une tasse ? Vous plaisantez, j'espère. Si vous n'avez pas de cuve, apportez-nous votre plus grande soupière, on verra bien ensuite.

Il va de soi que nous pouffions sans pudeur pendant tout le dialogue ; notre oncle en était ravi. C'est pour pouvoir recommencer chaque jour sa blague qu'il nous guida tous les après-midi vers des salons de thé différents ; nous fûmes toujours bon public.

Si l'oncle Marc tenait de Gargantua et du petit Chose, il avait de surcroît un brin de Cyrano. Comment expliquer autrement son attitude pleine de panache, ses réflexions de Gascon, sa sympathique crânerie de vieux bretteur. Un après-midi, alors que nous venions de visiter une fabrique de parfums dans les environs de Grasse, il se tourna vers l'employée qui nous avait servi de guide puis, lui tendant magnanimement un gros billet, il désigna mes sœurs d'un ample geste de la main.

— Inondez ces demoiselles de parfum, demanda-t-il sans rire, je veux qu'elles en ruissellent !

Elles furent inondées, de la tête aux pieds.

Son humour et sa repartie n'étaient jamais pris en défaut. Je me souviens de l'étonnante réponse qu'il me fit un jour et dont je n'ai saisi la saveur que bien des années plus tard. Il possédait dans une petite salle à manger une collection de gravures encadrées représentant les sept péchés capitaux ; dessins criants de vérité dans lesquels on reconnaissait sans peine l'orgueil, l'envie, l'avarice, etc. L'un d'eux pourtant me restait hermétique. On y voyait une plantureuse jeune femme endormie et, derrière elle, louchant en direction de son généreux décolleté, se tenaient deux gaillards à la bouche gourmande, à l'œil lubrique. Ce tableau me laissait perplexe, je n'y voyais rien de spécial, bref, son allégorie m'échappait.

— Et qu'est-ce qu'il représente celui-là ? demandai-je un jour à notre oncle.

— La luxure, dit-il distraitement.

— Et c'est quoi ?

L'oncle Marc me toisa, jeta un coup d'œil en direction de l'image puis sourit :

— La luxure ? Eh bien, mon petit, c'est tout simple, la luxure c'est le goût du luxe !

Quand nous eûmes visité tous les sites de la Côte, notre oncle jugea indispensable de nous offrir le voyage jusqu'aux îles de Lérins. C'était plus facile à dire qu'à faire. Nous étions en janvier, la mer jouait les océans et le service régulier de bateaux ne fonctionnait pas. L'oncle Marc s'entêta, passa au-dessus de ces détails et nous amena à Cannes. La mer était franchement mauvaise, tous les bateaux se tenaient sagement à l'abri dans le port. Notre oncle essaya de convaincre quelques marins qui tous lui rirent au nez; il ne se découragea pas pour autant et poursuivit ses recherches. Il parvint enfin, par je ne sais quelle proposition d'ordre monétaire, à soudoyer le patron d'une petite coquille de noix, une barcasse dérisoire et rafistolée, suintant l'eau de toutes parts. Le propriétaire de ce tas de planches devait aimer les billets de banque, mais il n'empêche qu'il était fou comme un lapin.

Il commença à mesurer l'étendue de son erreur lorsque l'oncle Marc s'installa dans la barque; cent vingt-cinq kilos d'un seul coup, ça diminue considérablement la hauteur de la ligne de flottaison.

— Restez pas sur le côté, recommanda le mataf déjà inquiet, passez derrière, les petites et la dame équilibreront.

Nous nous installâmes tous, y compris bonne-maman, et le patron démarra.

Une bonne quinzaine de pêcheurs, mains dans les poches et pipe au bec, nous regardèrent partir avec des mines pleines de pitié; ils hochaient la tête, lançaient des coups de menton en direction du large, haussaient les épaules avec fatalisme. C'était lugubre.

Il bruinait. Bonne-maman ouvrit son parapluie et, très droite sur son banc, fixa la mer d'un œil sévère. Elle n'était pas belle la mer, oh non, pas belle du tout ! La Méditerranée s'était mise en frais en notre honneur et roulait d'impressionnantes vagues. Tout alla à peu près bien tant que nous fûmes dans le bassin du port; nous avions déjà les pieds dans l'eau, mais ce n'était pas encore angoissant.

La danse commença dès que nous eûmes

franchi la passe. Nous mesurâmes soudain à quel point notre embarcation était petite, délabrée, surchargée. Le patron se cramponna à la barre et augmenta le régime du moteur, l'oncle Marc s'épongea fébrilement le front, mes sœurs et moi nous nous regardâmes avec une certaine inquiétude et c'est alors que bonne-maman sortit son chapelet.

L'égrenant d'une main, s'agrippant de l'autre au manche de son parapluie, notre digne grand-mère, qui n'avait jamais pris de bain de mer de sa vie, se prépara dans la prière à périr noyée.

Le patron réalisa sans doute qu'il avait encore quelques bons moments à passer sur terre, qu'une lointaine mort de vieillesse était ce qu'il pouvait souhaiter de mieux et que rien ne valait la terre ferme. Il fit faire demi-tour à notre embarcation qui gîta dangereusement pendant la manœuvre et avala un demi-mètre cube d'eau. On se prépara à écoper...

Par chance, nous n'étions qu'à cent brasses du port et nous pûmes le réintégrer sans trop de mal. Cela valait beaucoup mieux car, même avec la protection de la Bonne Mère et un parapluie en guise de voile, nos chances d'atteindre les îles étaient nulles.

Trempés jusqu'à la moelle, nous mîmes pied à terre sans regret et l'oncle nous entraîna vers le plus proche salon de thé.

24

Après un mois de farniente sur la Côte, mon retour à Paris ne fut pas très gai. Dès mon arrivée, Yves me fit faire le tour de l'appartement où nos parents avaient emménagé depuis huit jours.

Situé dans le septième arrondissement, c'était un logis du genre caveau. Conçu à une époque où les « grandes » maisons se devaient de posséder une brigade de personnel, il était disposé en dépit du bon sens. La cuisine se trouvait à trente pas de la salle à manger, presque toutes les pièces communiquaient entre elles, peu ou pas de soleil puisqu'il était au premier étage et, pour parfaire le tout, coupé en tous sens de multiples et sombres couloirs. De surcroît, le chauffage central ne fonctionnant plus depuis la guerre, il régnait dans cet antre un froid glacial ; bref, nous étions loin de notre petit hôtel de la rue François-Ier. Malgré cela, nous nous habituâmes vite.

Tellement vite que le monte-charge se bloqua définitivement dans le mois qui suivit notre arrivée. Nous le regrettâmes sincèrement. N'allez pas en déduire je ne sais trop quoi et ne croyez surtout pas que nous fûmes les responsables de son arrêt. Non, non, ce serait trop simple. D'abord vous n'avez aucune preuve puisque

Bernard et Yves furent les seuls témoins de sa dernière montée... Est-ce ma faute, je vous le demande, s'il expira un jour où je me trouvais, tout à fait par hasard, installé dans sa caisse ? Non, ce fut une simple coïncidence, d'ailleurs cet engin-là datait de Mathusalem, il fallait bien qu'il fasse une fin un jour ou l'autre...

Du fait de notre changement de quartier, il nous fallut désormais plus d'une demi-heure de métro pour nous rendre à l'école. La fréquentation de ce collège, déjà loin d'être exaltante, devint une corvée. On a vite fait le tour des attractions offertes par le métro ; les réclames ne changent pas souvent, les interdictions de se pencher aux portes sont dépourvues de toute poésie, quant à apprendre par cœur la liste des stations composant la ligne, c'est classique mais d'un intérêt douteux. D'aucuns me diront sans doute que chaque nom de station est à lui seul tout un programme, qu'il permet de méditer, qu'il évoque maintes belles histoires. Peut-être, mais c'est là un réflexe d'érudit pour qui la station Falguière se transforme immédiatement en une date de naissance, en une vie d'homme. Pour moi, mis à part Pasteur et Cambronne qui me rappelaient quelque chose, surtout Cambronne, les autres stations ne me disaient rien. Le voyage restait fastidieux.

Comme nous ne pouvions matériellement revenir entre midi et deux heures, nos parents nous mirent en demi-pension. Ce fut gai ! Le fait que la nourriture ait été infâme n'est qu'un détail ; je dirais même que ce fut pour moi un bon apprentissage. En effet, lorsque je fis plus tard quatre ans de pension et vingt-sept mois de service militaire, non seulement je ne fus pas dépaysé, mais au contraire agréablement surpris ! Passons donc sur la qualité des menus. En revanche, ce qui m'effara et que je n'ai jamais revu, même à l'armée à la veille d'une libération de classe, ce fut la tenue des petits chérubins qui m'entouraient au réfectoire. La règle voulait pourtant que nous mangions proprement et en silence pendant les deux tiers du repas. Comme nul n'aurait tenu compte de ce règlement, il fallait, pour que nous l'appliquions, subir le va-et-vient incessant du surveillant général. Ce garde-chiourme laïc faisait les cent pas entre les tables et nul ne bronchait car il était méchant comme un rat affamé. A l'approche du dessert, un strident coup de sifflet donnait le feu vert, non seulement aux bavardages, mais surtout au défoulement car le surveillant nous quittait pour aller déjeuner. Alors, ils ne mangeaient plus, les joyeux bambins, ils bâfraient, que dis-je, ils pataugeaient ! Les batailles à coups de louches pleines de purée faisaient partie intégrante des fins de repas, les quignons de pain trempés dans la sauce et propulsés par les fourchettes catapultes devenaient des projectiles aussi normaux que les hirondelles dans un ciel de juin : c'était l'orgie.

Naturellement le principe du repas en silence m'attira des ennuis. Avec la chance qui me caractérise, ils m'arrivèrent, bien sûr, au cours du premier déjeuner ; je n'ai jamais eu de veine avec les inaugurations.

Nous en étions à la moitié du repas et, quoique novice, je savais que le silence était de rigueur. Je me taisais donc et mangeais sans appétit une infecte ratatouille de pois cassés. J'eus soif, ça arrive, non ? Ce n'est pas un crime d'avoir soif ! Le pot à eau se trouvant à l'autre bout de la table, la façon la plus logique pour l'obtenir était de le demander, je lançai donc sans prendre garde :

— Hé ! passe-moi la flotte !

Abomination de la désolation, qu'avais-je fait ?

Le bruit des fourchettes et des mâchoires s'arrêta net. C'est dans un silence plein de lourdes menaces que le surveillant me toisa. Il fit tournoyer la chaîne de son sifflet autour de son index puis, à pas lents, s'approcha de moi. Il avait l'air aussi aimable qu'une mangouste chargée de famille rencontrant un orvet rachitique, je me demandais avec inquiétude ce qui allait m'arriver comme tuile. Il vint devant moi, me détailla avec insistance et, sans aucun préavis, me retourna une paire de gifles. Il m'expliqua ensuite avec douceur qu'il était interdit de parler à table et que j'aurais deux heures de « colle » en cas de récidive. Je me le tins pour dit, mais après de pareilles aventures, comment voulez-vous que je ne conserve pas un souvenir ému de ce cher collège...

Ce qui me console un peu lorsque j'y pense, c'est que j'ai pu découvrir, grâce à lui, les joies de l'école buissonnière. Que voulez-vous, on se défend comme on peut ! Brûler un cours est chose facile, trouver un alibi sans faille, plus délicat. Je misais sur deux points dont la véracité ne pouvait être mise en doute. D'abord, j'étais provincial ; donc, habitant Paris depuis peu, nul ne pouvait me tenir rigueur de me perdre parfois dans le métro... Ce stratagème me permit de visiter l'aquarium du Trocadéro, le musée de l'Homme et celui de la Marine. D'accord, ce n'était pas très sérieux, mais quoi, c'était instructif et si vous en voulez la preuve, sachez que je me souviens de la momie du musée de l'Homme et que j'ai complètement oublié mon latin de l'époque !

Lorsque j'arrivais enfin à l'école — avec tout au plus trois quarts d'heure de retard —, j'expliquais que je m'étais trompé de couloir en changeant à Pasteur ou que, coincé par la foule, je n'avais pas eu le temps de descendre à la bonne station, Passy en l'occurrence. J'avais honte, je l'avoue, je rougissais comme un coupable, mais pas de ce que vous croyez... Non, je me sentais confus qu'on pût admettre que je me sois perdu. Me perdre, allons donc! J'aurais fait tout le trajet les yeux fermés!

Mon système ne fonctionna quand même pas très longtemps. Le directeur n'avait rien d'un naïf et, subodorant sans doute la vérité, il me demanda un matin un billet justificatif signé du chef de la station où je m'étais, paraît-il, égaré... Je compris que la ficelle en arrivait à son dernier brin et de ce jour, comme par miracle, je ne me perdis plus. Par chance, il y eut, cette année-là, une grève des transports qui dura plusieurs jours. J'en profitai sans vergogne pour flâner sur les quais, visiter le palais de la Découverte, jouer dans les jardins de Passy, en somme attendre sans ennuis l'heure de la fin de la classe.

25

Pendant que nous nous défendions, mes frères et moi, contre les attaques, prétendues éducatives, de nos maîtres, la vie de la famille suivait son chemin.

Jacqueline se fiança au printemps 1947. Bernard, notre futur beau-frère, nous impressionna beaucoup. D'abord, il était plus âgé que notre frère aîné, ce qui, à nos yeux, n'était pas peu dire — il avait vingt-sept ans, vous vous rendez compte ! — ; de plus, il était magistrat, donc digne d'un respect teinté d'un peu de crainte, et enfin, il savait tout faire, je dis bien tout ! C'était un monsieur très capable de traduire trois pages de grec sans pour autant interrompre la réparation — ô combien délicate ! — de votre montre, de l'aspirateur ou du poste de radio. Nous découvrîmes très vite que, sans discussion possible, Bernard et le roi des bricoleurs ne faisaient qu'un. Pour lui, rien n'était irréparable ; il améliora ce principe au fil des ans et nous démontra que tout est récupérable. On pouvait par exemple lui confier un moulin à café électrique hors d'usage et il vous rendait une brosse à chaussures à vapeur en parfait état de marche. Bien sûr, c'était peu pratique pour moudre du café, mais ce n'était qu'un détail.

Bernard acheva notre conquête et nous en mit plein la vue lorsqu'il fit devant nous l'inventaire de ses poches. Vu de l'extérieur, on pouvait croire que notre futur beau-frère était vêtu d'un classique costume. Grossière erreur de jugement ! Bernard ne s'est jamais habillé comme tout le monde ; on croyait qu'il avait un veston, mais c'était faux ; on s'imaginait qu'il avait un pantalon, mais c'était un mirage. En réalité, il ne portait que des ateliers en forme de vestes et des établis qui ressemblaient un peu à des pantalons. Il pouvait vous fournir sur simple demande et en puisant dans ses poches caisses à outils : une pince coupante, une pince multiprises, un tournevis à manche servant de marteau, un jeu de douze clés à tube, un couteau-scie-poinçon-rabot-vrille, un double mètre à ruban, de la ficelle, du fil de fer, des vieilles capsules de bière à usage de rondelles, des clous, des boulons, des vis, des épingles de nourrice, un pied à coulisse, trois ou quatre bouts de tuyau plastique de différents diamètres et, si vous étiez de ses intimes, une burette à huile et un étau ! Non seulement je n'exagère pas mais je crois même que j'oublie une enclume.

Nous adoptâmes Bernard à l'unanimité ; il s'installa très haut dans notre estime et y resta.

Côté école, ça n'allait pas très fort... Le troisième trimestre est le plus fastidieux de tous ; s'enfermer quand il fait beau, apprendre les déclinaisons de *rosa* ou de *dominus* alors que les oiseaux chantent dans les marronniers sont les corvées les plus déprimantes qui soient. Alors que faire, sinon compter les jours et rêver ? Je rêvais donc et souvent avec tant d'application que j'en oubliais les principes primordiaux du camouflage. Cela me valut quelques heures de retenue les dimanches matin et par là même certains ennuis très concrets avec Papa.

Ce dernier détail mis à part, je m'habituai sans mal à ces « colles » dominicales. L'école et les classes vides avaient un petit air de vacances ; nous étions peu nombreux et toujours les mêmes et nous nous réconfortions avec la certitude que le surveillant s'ennuyait beaucoup plus que nous. En punition, nous devions copier des pages et des pages d'un texte pris au hasard dans un livre d'histoire ou de géographie. Travail fastidieux et inutile qui serait devenu odieux si nous n'avions trouvé le moyen d'y couper court. Nous avions observé que le surveillant se désintéressait totalement de nos copies. Lorsque arrivait l'heure de partir, il jetait un vague coup d'œil sur nos feuilles, puis les expédiait avec dédain dans la caisse à papier. C'était parfait. Nous établîmes un roulement de récupération ; l'un d'entre nous s'attardait dans les w.-c. puis, revenant en catimini dans la classe, il repêchait le tas de copies en vue du dimanche suivant...

Ce système simple et efficace nous permettait de lire *Tintin* pendant les heures supplémentaires gracieusement accordées par le directeur.

De dimanche sans colle en dimanche avec, les vacances arrivèrent enfin. Je ressuscitai du jour au lendemain !

Cette année-là, Yves partit faire un camp scout et je me retrouvai seul, mais pas ennuyé pour autant. Il y avait, non loin de chez nous, une ferme où je savais trouver deux jeunes garçons, deux camarades de toujours. Délurés en diable, ils tiraient au lance-pierres comme David, grimpaient aux arbres les plus dépourvus de branches, connaissaient les bois et les sentiers mieux que leurs poches. Comme ils avaient l'âge de garder les troupeaux, leurs parents les expédiaient dans les pacages avec mission de surveiller les bêtes. Je rejoignais Jean et André tous les après-midi ; ensemble, nous mîmes en pratique un agréable et sportif passe-temps.

Avez-vous déjà fait du rodéo sur un bélier ? Si oui, je ne vous apprendrai rien, sinon, permettez-moi de vous dire que c'est une carence à laquelle vous devriez remédier au plus vite et quel que soit votre âge. Pour ce faire, abordez le premier bélier venu, évitez lestement le coup de tête qu'il ne manquera pas de vous destiner, sautez crânement sur son dos et attendez la suite. Il n'est pas indispensable de vous cramponner à la laine car, quoi que vous fassiez, votre parcours sera bref. Vous prendrez contact avec le sol dans les secondes qui suivront le démarrage de l'animal et devrez alors soit boxer votre monture, soit courir plus vite qu'elle, soit encore, et c'est plus noble, bondir sur ses reins en vue d'un nouveau et grisant exploit. Jean, André et moi devînmes de très bons cavaliers jusqu'au jour où le bélier nous prit en grippe. Il ne voulut plus nous voir et s'habitua à nous charger par principe dès que nous ouvrions les portes de l'étable. Que voulez-vous faire avec un mouton aussi peu coopérateur ? Nous essayâmes, en vain, de le coincer dans un angle du pré et de réunir nos forces pour lui sauter sur le râble et l'immobiliser. Peine perdue, il s'entêta dans son vice et fonça systématiquement sur nous dès que nous étions à dix pas de lui. Nous nous rabattîmes vers l'âne, mais sans grand succès ; il était philosophe et se refusa toujours à prendre le plus petit trot. Il nous fit le coup du mépris, se laissa chevaucher sans broncher mais surtout sans interrompre son repas. Nous n'allâmes pas jusqu'à tenter l'expérience avec les vaches et nous nous orientâmes vers des jeux plus faciles mais tout aussi formateurs, à savoir : les batailles à coups de lance-pierres chargés de glands, les duels à la badine de châtaignier ou les bagarres à mains plates.

26

Une rentrée scolaire est rarement drôle, elle devient odieuse lorsqu'on retrouve une école que l'on n'aime pas. Heureux ou pas, il fallut reprendre le métro et franchir la porte du collège. J'étais vacciné, aussi me gardai-je bien de commettre la moindre erreur au cours du premier jour de classe. J'appliquai sans attendre mon système de décollage à somnolence invisible et attaquai cette nouvelle année.

Puisque les cours me fournissaient l'occasion de prendre de longues heures de repos, j'étais en pleine forme pendant les récréations. Un incroyable besoin de m'ébattre, voire de me battre, m'animait dès que nous débouchions dans l'espèce d'enclos qui servait de terrain de jeux. Les billes étaient à la mode et puisqu'il faut briller d'une manière ou d'une autre, j'acquis en peu de temps la réputation d'un redoutable tireur. Je narguais et dépouillais les joueurs les plus acharnés et devais, de temps à autre, finir aux poings quelques parties; ce n'était pas pour me déplaire. Je participais avec enthousiasme à quelques joyeux combats d'où je ressortais en plus ou moins bon état, mais toujours prêt à remettre ça.

Le directeur de l'honorable établissement, qui me faisait alors la grâce de me compter parmi ses membres, ne pouvait tolérer que les charmants petits, à lui confiés, se battent comme des chiffonniers ou, pis encore, comme des enfants de basse naissance. Il y avait donc un surveillant jusque dans la cour ; il supervisait nos jeux, coupait court aux conflits, punissait les belliqueux. Il m'expédia, plus souvent qu'à mon tour, méditer tristement et le nez contre le mur dans un coin du préau. J'avais alors la très nette impression qu'on m'empêchait de vivre et pensais avec nostalgie à mes bois corréziens. A vrai dire, mais je ne l'avais pas encore compris, j'étais aussi fait pour vivre à Paris qu'un gardon dans une friteuse.

Trop surveillé au collège pour pouvoir me dépenser tout mon saoul, je me rattrapais à la maison. Mais un appartement, même vaste, ça manque d'air ; seule l'escalade des placards me procurait quelques satisfactions — mais je ne pouvais indéfiniment monter et descendre sur ces puys improvisés. Je pris bientôt l'habitude d'aller faire du patin à roulettes au jardin des Tuileries ; là-bas au moins, j'avais de la place et je voyais quelques arbres.

Il y avait pourtant un jour de la semaine où je ne pouvais sortir, c'était celui de ma leçon de piano. J'aime beaucoup le piano, lorsque les autres en jouent. En ces temps-là, il fallait que j'apprenne et ce n'était pas une mince affaire.

Mon professeur était peut-être sympathique ; l'ennui, c'est que ça ne crevait pas les yeux... C'était une vieille fille qui sentait la fleur d'oranger, la violette, la naphtaline et le chat et qui donnait l'impression d'avoir un chevalet dans le dos. Droite et sèche comme une règle, elle avait de surcroît le visage enjoué d'une madone de Bernard Buffet. En somme, elle aurait fait une très belle nurse anglaise et c'est bien pour cela — mais aussi parce qu'elle mâchouillait perpétuellement son dentier — que nous la baptisâmes du gracieux sobriquet de Miss Praline.

Miss Praline s'installait à mes côtés et je devais me plier à l'horrible supplice des gammes. C'était son dada, elle voulait des gammes, encore des gammes, d'une main, des deux mains, en montant, en descendant, en cours de marche, en rétrogradant avec double débrayage.

— Partez du mi ! Le mi, c'est quel doigt ? Et la main gauche ? Où est-elle cette main gauche ? Allons, recommencez et n'accrochez plus ce fa ! C'est avec le pouce droit qu'il s'attaque, j'ai dit le pouce !

Lorsque je m'étais bien délié les doigts, la leçon se poursuivait par le déchiffrage de quelques morceaux du genre *Gai Laboureur* ou *Petit Papa*.

Ça n'allait pas tout seul, loin de là ! Si par malheur je me trompais, il me fallait, avant de poursuivre, refaire une ou deux gammes, histoire de bien posséder mon clavier.

— Allons, refaites-moi cet exercice !

La crise couva pendant plusieurs mois, puis éclata au cours d'un incident bénin à mes yeux, impardonnable à ceux de mon professeur : je traduisis une triple croche en blanche ou quelque chose de ce genre.

— Eh bien ! reprenez votre gamme, dit Miss Praline en jouant distraitement un de ses petits airs favoris.

Je ne sais ce qui me passa par la tête. Peut-être la vue des doigts courant agilement sur les touches, comme pour me narguer, déclencha-t-elle en moi un sentiment belliqueux, un besoin de représailles. Sans bien réfléchir, j'attrapai le couvercle du piano et le rabattis violemment...

Miss Praline (qui était aussi professeur de chant !) poussa le plus beau contre-ut de sa vie et plaqua en même temps l'accord le plus dissonant qui puisse s'imaginer. Ce n'était pas joli joli...

Je savais qu'elle était allergique à toute forme de dodécaphonisme et compris qu'il était urgent de jouer avec brio une fugue de mon invention. Je courus d'un trait jusqu'à mon refuge, c'est-à-dire sur un placard. Une fois là, je me dissimulai derrière les valises et attendis que tout se calme. Ne croyez pas que je m'en sortis à si bon compte. Il y eut, lorsque je quittai mon abri, quelques vocalises peu mélodieuses dont je fus le ténor et que Papa dirigea de main de maître...

Cela n'enleva rien à l'ire indignée de Miss Praline qui refusa sèchement de poursuivre avec moi ses leçons de piano.

27

Les poissons rouges manquent de conversation, c'est vrai, mais est-ce une raison pour les prendre comme cible ? Non, en aucun cas.

J'avais un poisson rouge, ramené à grand-peine de Brive dans un bocal de confiture. Ce poisson me plaisait et, pour qu'il soit à l'aise, je l'avais transvasé dans une cuvette. Quand la belle saison fut là, c'est-à-dire vers le mois de mai, je pris l'habitude de placer le récipient sur le bord de la fenêtre. De là, mon poisson pouvait apercevoir un petit coin de ciel et parfois même un rayon de soleil. Quelle ne fut pas ma fureur lorsque je constatai un soir, en rentrant de classe, qu'une dizaine de noyaux de cerises flottaient dans la cuvette. Sacrilège sans précédent ! Qui avait osé ? Une brève enquête me prouva que ce n'était ni Bernard ni Yves, non que ce forfait les eût gênés, mais simplement parce qu'ils étaient absents. Alors qui ? Mes soupçons se portèrent sur les locataires de l'étage supérieur, sur deux filles à peu près de mon âge et que je rencontrais parfois dans l'escalier. Je les tenais pour de fieffées pimbêches car, non contentes de n'être point belles, elles gloussaient toujours dans mon dos et occupaient l'ascenseur chaque fois que je voulais m'offrir un premier étage, via le cinquième avec retour au rez-de-chaussée. Notre appartement occupant l'ensemble d'un angle droit, la fenêtre de ma chambre était d'un accès facile pour peu qu'on se place sur le côté opposé. Je décidai de tirer l'affaire au clair et après avoir changé l'eau de mon poisson, je remis la cuvette en évidence sur le rebord de la fenêtre ; je laissai celle-ci ouverte et il ne me resta plus qu'à me dissimuler dans un coin pour observer la vitre. Grâce à elle, je voyais l'étage du dessus, tout en étant moi-même invisible.

Mon piège fonctionna vite. J'aperçus mes deux voisines qui, sans se dissimuler, visaient avec application mon malheureux poisson. Les noyaux commencèrent à tomber, certains dans l'eau et cela soulevait des fous rires au-dessus de moi, d'autres, et en plus grand nombre, dans ma chambre. Ce crime appelait une riposte immédiate ; je n'allais tout de même pas me laisser bombarder dans le seul but de distraire deux gamines.

Oui, mais que leur envoyer en retour ? Des noyaux de cerises ? Trop banal. De l'eau ? Impossible, elle me serait retombée sur la tête. Des cailloux ? Quand même pas... Je me souvins alors de la présence, sur le dessus d'un placard, d'un paquet de sciure de bois abandonné sans doute par les précédents locataires. La sciure était dans un sac en papier et il y en avait, à vue d'œil, une bonne livre. Je courus chercher cette bombe, fendis un peu le sac pour qu'il explose à l'arrivée et le lançai vers l'objectif où ricanaient les deux péronnelles.

Le sac fit plouf en s'éventrant...

Au-dessus de moi, on commença bientôt à faire le ménage. La sciure avait dû se répandre, car il fallut bien dix bonnes minutes avant qu'on ne m'en donne des nouvelles. Je pressentis que l'affaire rebondissait lorsque j'entendis tinter la sonnette de l'entrée. Je me glissai dans le fond du couloir et, caché dans un coin, attendis que Maman ouvre.

Un valet de chambre entra, un véritable valet de chambre à gilet noir et jaune, je vous prie de le croire.

Il s'inclina, puis présenta dignement un plateau d'argent sur lequel s'élevait un petit tumulus de poussière couronné d'un sac en papier.

Maman dévisagea tour à tour le visiteur et son plateau puis, devant le mutisme et l'immobilité de l'homme, elle questionna :

— Que voulez-vous que je fasse de ça ?

Maman ne pouvait pas deviner que j'étais derrière cette histoire ; elle ne l'eût d'ailleurs jamais su si elle s'était fiée aux réponses fournies par son étrange interlocuteur. Le hasard accumule parfois des faits tellement cocasses qu'il en résulte une situation qu'on ne peut inventer. On dit : c'est impossible ! et pourtant si ; jugez-en.

Vous reconnaîtrez tout d'abord qu'il faut avoir l'esprit tortueux pour rapporter à son ex-propriétaire, et sur un plateau, le tas de saleté que l'on vient de balayer sur son tapis ! Mais ce n'est encore rien !

Ce qui est mieux, c'est lorsque le commissionnaire offre en prime la particularité de connaître tout au plus dix mots de français... A la question de Maman, il répondit par un : « Haut... », accompagné d'une phrase en tchèque ou en polonais. Se sentant incompris, il leva les yeux au ciel et montra le plafond avec son index.

— Oui, oui, dit Maman, ce n'est pas pour ici, c'est pour un autre étage. Demandez donc à la concierge !

— Ici ! s'entêta l'autre en présentant son plateau.

— Mais que voulez-vous que je fasse de cette horreur ! s'exclama Maman.

— Ici ! redit le valet de chambre sans grand espoir.

Il se rendit enfin compte qu'il n'était pas en mesure de se faire comprendre ; alors, très stylé, il s'inclina, fit demi-tour et remonta l'escalier.

— Qu'est-ce que c'est, ce type ? souffla Maman en refermant la porte.

Elle m'aperçut alors et réalisa que je n'étais peut-être pas étranger à cette étonnante aventure.

Je ne me fis pas beaucoup prier pour raconter toute l'histoire, car, pour une fois, et c'était rare, ma position était somme toute défendable.

Beaucoup plus défendable, par exemple, que mes notes en classe. Oh ! même de ce côté, ça aurait pu être pire ; on trouve toujours plus faible que soi et je ne crois pas beaucoup ceux qui proclament, avec une fierté mal placée : j'étais toujours le dernier !

Je n'étais pas le dernier, mais cependant trop loin du premier pour satisfaire le directeur. Il estima, en fin d'année, pouvoir très bien se passer de moi pour la saison à venir. C'était réciproque et je faillis l'embrasser. Bernard et Yves reçurent, comme par hasard, un avis similaire et ne firent rien pour en atténuer la rigueur. Nous nous retrouvâmes sur le trottoir, aussi heureux de cette bonne nouvelle que des trois mois de vacances qui commençaient.

28

Quand vint la rentrée, Papa nous confia à un autre établissement. Cette fois, je dois le dire, son choix fut heureux. Il régnait dans cette école un climat bon enfant, dépourvu de snobisme et de prétention, qui nous mit tout de suite à l'aise. De plus, et ça ne gâtait rien, les professeurs étaient, pour la plupart, de vrais éducateurs, nous en avions perdu l'habitude. Autre avantage appréciable, l'école se trouvait non loin de chez nous, nous pouvions nous y rendre à pied en suivant la rue Saint-Dominique.

Mon premier jour se déroula bien; il n'y avait pas de gravures au fond de la classe et mon nouveau maître était un très brave homme. D'ailleurs, et je n'y reviendrai plus, les années que je passai là se déroulèrent sans incidents. Certes, puisque nous n'en étions pas encore à la contestation permanente, il fallait suivre la discipline imposée; elle n'était pas draconienne et son existence nous donnait au moins l'envie d'essayer de la tourner.

C'est à l'école que je fis la connaissance d'un garçon qui devint en peu de temps mon meilleur camarade. Xavier, d'un an mon aîné, était le type même du gamin parisien. Pas beaucoup plus grand que moi, et pourtant je n'étais pas haut, il possédait une époustouflante dose de culot. Je devinai d'instinct, lorsque nous commençâmes à nous mieux connaître, que nous allions faire une fameuse paire d'amis. Nous avions de très nombreux points communs et les mobiles de disputes en étaient réduits d'autant. Je ne garde aucun souvenir d'une quelconque bagarre entre nous.

Xavier possédait un sens extraordinaire de la plaisanterie. Il adorait faire des farces et son rire était tellement communicatif que même ses victimes ne pouvaient lui en vouloir. Riche, lui aussi, de trois sœurs, il s'employait sans relâche à les rendre chèvres.

Nous nous retrouvions tous les matins sur le chemin de l'école; Xavier possédait une façon peu discrète de dire bonjour. Il devait prendre son souffle dès qu'il m'apercevait, car le sifflement qu'il m'adressait s'entendait à plus de deux cents mètres. Il sifflait comme une locomotive puis, me sachant averti, lançait un tonitruant : « Hep, là-bas ! »

Cela passait si peu inaperçu que tous les passants se retournaient pour détailler avec réprobation cet impudent gamin. Xavier n'en avait cure et repoussait un appel strident si je faisais mine de ne pas l'attendre.

Nous devînmes inséparables. J'allai chez lui, il vint chez nous et nous passâmes ensemble la totalité de nos temps libres. Un des premiers soins de Xavier fut de me faire admirer sa collection de paquets de cigarettes vides. Il en détenait un joli nombre, en était très fier et ne pouvait faire moins que de me passer son virus. A compter de ce jour, nous chassâmes ensemble.

Tout d'abord, comprenons-nous bien : il ne s'agissait pas de ramasser tous les paquets de Gauloises ou de Gitanes vides, l'intérêt de la collection ne résidait pas dans l'accumulation de marques semblables. Ceux que nous cherchions, c'étaient les paquets rares, que nous ne connaissions même pas et que nous découvrions le cœur battant. C'est pour cela, c'est à cause de cette quête incessante que la recherche est non seulement exaltante, mais utile ! Elle entraîne à la marche à pied, développe le sens de l'observation, annihile les complexes. Il faut en effet faire taire son respect humain pour fouiller comme nous le faisions dans les poubelles. Eh oui, on n'a rien sans rien, on prend son plaisir où il se trouve ! Vous ne pouvez imaginer le nombre de paquets de tous pays que nous dénichâmes dans les caisses à papier de l'aérogare des Invalides ou dans celles de certaines agences de voyages. Nous devions nous piquer d'audace pour entrer là sans motif. Nous allions aussi fureter sur les Champs-Elysées, vers l'Opéra, aux alentours du Trocadéro, à cause de la présence de l'O.N.U. Nous longions les caniveaux, fouinions devant les cafés chics et ramassions ainsi d'inestimables trésors. Au retour de nos randonnées, nous ressentions confusément que tout cela n'était pas très hygiénique, nous ne manquions donc aucune occasion d'aller nous laver à bon compte dans les toilettes de l'aérogare des Invalides ; comme disait Xavier : il faut bien que ça serve à quelqu'un !

Mis à part l'exploration des toilettes gratuites et des meilleurs coins pour les paquets de cigarettes, Xavier m'enseigna aussi l'art de traverser les rues. Jusque-là, j'étais prudent, je choisissais les passages cloutés et, s'il m'arrivait de m'aventurer en dehors des lieux prescrits, je le faisais en courant et, si possible, entre deux vagues de voitures. Xavier appliquait un principe diamétralement opposé. Il méprisait les feux rouges, les clous, les agents et traversait où et quand bon lui semblait. Certes, la circulation était alors moins dense qu'elle ne l'est de nos jours, mais il fallait quand même un certain courage pour franchir sans faiblir le boulevard Saint-Germain ou l'avenue de l'Opéra aux heures de pointe. Xavier affirmait que les automobilistes avaient peur de lui ou, plus exactement, qu'ils craignaient de l'écraser. Il assurait que les plus dangereux chauffards feraient tout pour l'éviter. Fixant les conducteurs d'un œil qui se voulait sévère, bras tendu, main ouverte, lançant de temps à autre des « je passe » éclatants, il s'avançait sur la chaussée. Il ne courait pas, lui ; je dirais même qu'il prenait un malin plaisir à flâner ; riant aux éclats lorsqu'on l'insultait, applaudissant avec conviction un coup de frein bruyant.

— Et puis, me confiait-il, s'ils ne sont pas contents, ils n'ont qu'à prendre le métro !

Je reçus mon baptême du feu un soir vers les six heures, alors que nous nous trouvions au bord de la place de la Concorde.

— On fonce ! décida Xavier.

Je le suivis.

— Je passe ! braillait-il tous les dix pas.

Nous en entendîmes de vertes et de pas mûres, car le chemin est long lorsqu'on traverse la Concorde en diagonale, en dédaignant volontairement l'îlot de l'Obélisque.

Aujourd'hui, nous ne ferions pas vingt mètres !

Un jour, au retour d'une de nos promenades, nous fûmes arrêtés devant la maison de la Chimie, rue Saint-Dominique, par un important attroupement. Il y avait beaucoup d'adultes, mais aussi des enfants de notre âge qui entraient ou sortaient de l'immeuble. Il nous sembla, après une superficielle observation, que rien ne nous distinguait des autres et que nous pouvions donc franchir la porte tout comme ils le faisaient. Nous n'avions aucune idée de ce qui pouvait se passer à l'intérieur, mais là n'était pas la question.

Nous entrâmes d'un pas martial.

— Faut trouver le buffet, dit Xavier qui ne perdait pas le nord.

Le buffet n'était pas au rez-de-chaussée, nous grimpâmes au premier et nous faufilâmes dans la foule ; il y avait du monde, du beau monde.

— Tu paries qu'ils ont déjà tout bouffé ! me chuchota Xavier.

Il était à deux doigts de réclamer véhémentement un plateau de petits fours lorsque nous nous sentîmes observés avec insistance. Nul ne nous disait mot, mais il était certain que nous attirions les regards.

— Ils nous ont repérés, dis-je.

— Ben quoi, qu'est-ce qu'on a ? rétorqua Xavier.

Nous réalisâmes soudain ce qui se passait et pourquoi nous tranchions au milieu de cette assemblée. Nous étions tout bêtement dans une réunion de Pakistanais ou d'Indiens et notre teint rose ressortait nettement sur le bistre qui semblait être de mise...

— Oh ! là là ! souffla Xavier, t'as vu où on est ? Faut riper de là !

Nous nous retrouvâmes sur le trottoir, assez fiers malgré tout d'avoir pu pénétrer dans l'immeuble. C'était quand même un bel exploit.

29

PENDANT que je courais les rues en faisant les poubelles, se jouait à la maison le premier épisode de ce que mes frères et moi prîmes pour une bonne blague. Une fois n'est pas coutume, Bernard, Yves et moi fûmes en dehors du coup. L'actrice, ce fut Françoise.

Pour elle, tout commença par une corvée. Elle reçut un jour, émanant d'une amie, une invitation pour une soirée mondaine. Son premier réflexe fut de refuser poliment : parce qu'elle fuyait ce genre de manifestation et à cause du lieu où se dérouleraient les festivités. Son amie habitait Lille et ce n'est tout de même pas la banlieue de Paris. Malgré tout, après quelques jours de réflexion et pour ne pas vexer sa vieille copine, Françoise se décida, la mort dans l'âme, à s'embarquer pour Lille.

Je n'assistai pas à cette surprise-partie et suis bien incapable de vous en dépeindre l'ambiance ; en revanche, ce que je peux affirmer, c'est que Françoise ne s'ennuya pas.

Miracle des miracles, astuce du destin, chausse-trape de Cupidon, IL était là ! Qui ? Hé, cette blague ! Le seul, le grand, le beau, le fort, le magnifique, l'irremplaçable, le jeune homme de ses rêves, l'homme de sa vie !

Nous comprîmes dès le retour de Françoise

qu'elle avait pris un sévère coup de foudre, un coup soigné, un de ceux qui vous laissent sans appétit et sans sommeil, qui vous persuadent que l'eau fraîche est la meilleure des boissons, à condition de la boire à deux.

Mes frères et moi ricanâmes grassement de cette découverte. Françoise n'avait pas le cœur à rire, elle, car pour merveilleux que fût son nouvel état, était-il réciproque ? Affreux dilemme, angoissante question. Le cœur en capilotade, l'âme en peine et l'estomac noué, Françoise se consuma pendant quelques jours.

Que faire, Seigneur, que faire ? Parler ? A qui ? A Maman, c'était faisable, mais ça ne résoudrait pas le problème ! A Papa ? C'était peu prudent...

Alors, comment expliquer au beau jeune homme que, enfin qu'il... que... l'on aimerait bien discuter un peu plus avec lui...

Françoise tenta le tout pour le tout, empoigna son stylo et écrivit. L'eau de rose tourna alors au vitriol, car Papa apprit l'affaire. Oh ! bonne mère, quel coup de tonnerre, quel scandale sans nom ! La maison tout entière bascula dans la tragédie cornélienne.

— Comment ! hurla Papa, tu as osé lui écrire ! C'est, c'est... Mais vous ne vous rendez pas compte ! lança-t-il à la cantonade et surtout à Maman qui prenait la chose avec son habituelle philosophie.

Papa n'en dit pas plus, n'en pensa pas moins et, conscient de son devoir, expédia une maîtresse baffe à sa dévergondée de fille.

Il était déshonoré !

Vous allez peut-être croire que je galèje et qu'il n'est pas possible que les choses se soient passées ainsi il y a une trentaine d'années. Eh bien, si. Je sais que, de nos jours, il est, sinon recommandé, du moins admis, que les jeunes filles annoncent leur mariage à leurs parents au retour du voyage de noces ou, mieux, à la veille du baptême. Oui, autres temps autres mœurs. Ce que je puis vous garantir, c'est que nos sœurs ne se seraient pas aventurées dans cette émancipation. Pour quelques lignes anodines écrites par Françoise, la bourrasque secoua la famille. Papa ne décolérait pas et il ne faisait pas bon se trouver sur sa trajectoire. Malheur à celui qui entrait dans son collimateur, il était aussitôt pris dans un feu d'enfer et avait pour seule ressource de faire le mort.

Un voyage à Brive que dut effectuer Papa abaissa considérablement l'intensité du typhon. Papa partit furieux en lançant une dernière menace à sa fille :

— Tu vas voir ce que vont dire bonne-maman, Jacqueline et Bernard !

Il n'avait pas pensé au téléphone... La porte venait juste de claquer dans son dos que Françoise organisait déjà sa défense. Elle téléphona à Brive, plaida sa cause auprès de Jacqueline, qui la défendit ensuite devant bonne-maman. Papa, persuadé de trouver des alliés, fonça tête baissée dans le traquenard lorsqu'il arriva rue Champanatier. A peine achevait-il d'exposer les faits que sa belle-mère se révéla être un avocat de la partie adverse :

— Voyons, Edmond, ce n'est pas si grave ! Je suis certaine que ce jeune homme a très bonne façon !

Cette coalition en faveur de la « coupable » coupa tous les effets de Papa ; il baissa les bras, reconnut que la faute était vénielle et que tout pouvait s'arranger.

Et tout s'arrangea. Moins de huit jours plus tard, nous reçûmes la visite du responsable indirect. Si notre premier beau-frère nous en avait mis plein la vue grâce à l'étendue de ses connaissances et son don du bricolage, Bertrand nous laissa sans voix par sa hardiesse et son bagou. Invité à dîner, il débarqua tout frétillant puis, sachant par Françoise que Bernard et Yves étaient scouts, il les tutoya d'emblée et leur glissa, incidemment, qu'il s'occupait lui-même de scoutisme. Comme son grade en la matière méritait le plus haut respect, mes frères se le tinrent pour dit et se firent oublier ; je les imitai...

Doté d'une éloquence peu commune, Bertrand blagassa pendant tout le repas, vida son verre sans réticence, se resservit sans complexe, proposa par politesse d'aider à faire la vaisselle et s'arrangea en fin de compte pour rater son train.

Nous fûmes soufflés, emballés et constatâmes par la suite qu'il n'avait en rien fardé son personnage. C'était un homme qui connaissait les affaires et le prouvait. Il eût pu, sans l'ombre d'un doute, réussir dans n'importe quelle situation. Avocat, il eût fait acquitter et dédommager Gilles de Rais et, si d'aventure il avait travaillé dans les pompes funèbres, il eût fait fortune en vendant des cercueils à deux places.

Le mariage étant épidémique, Annette attrapa à son tour le bacille. Contrairement à Françoise, elle fut discrète ; pas de scène, pas de cris, du sang-froid et de l'efficacité. Elle se garda bien de nous prévenir et dirigea comme une grande son opération matrimoniale. Elle agit avec tant d'indépendance que le hasard dut s'en mêler pour qu'elle nous amène enfin son fiancé. Un jour, alors qu'elle se promenait avec lui sur les Champs-Elysées, elle se heurta contre une de nos tantes et fut bien obligée de lui présenter son chevalier servant. Le pot aux roses étant découvert, Annette montra ses cartes, en l'occurrence son roi de cœur.

Deux faits nous frappèrent lorsque nous vîmes

Une fois sept. 7.

Laurent ; d'abord sa taille, ensuite la façon qu'il avait de faire craquer les jointures de ses doigts. Pour ce qui concerne ce dernier détail, nous sûmes bientôt que le trac n'était pas étranger à ces petites explosions articulaires. Pour la taille, c'était autre chose ! Laurent ne se contentait pas d'être grand, il pensait et vivait haut. Féru de philosophie, il n'était pas dans la lune, tout au plus dans les nuages. Il y traquait inlassablement des idées vierges et des explications personnelles tant sur le comportement de ses contemporains que sur l'évolution de la nature humaine. C'était ardu et bien digne de notre admiration. Il revenait quand même parfois sur terre et retrouvait alors un côté collégien qui nous mettait à l'aise. Il avait su rester jeune, chahutait volontiers et nous narrait, sans se faire prier et avec moult détails, les histoires mémorables de sa vie d'étudiant.

Annette se maria peu de mois après Françoise. Nous fîmes avec Laurent le plein des beaux-frères.

30

Papa était un journalivore, ce qui, somme toute, était moins grave que d'être opiomane ou alcoolique. Pour Papa, une journée sans journal, c'était Chartres sans Péguy, Paris sans Notre-Dame, la France sans de Gaulle. De même qu'un travailleur de force demande de quatre mille à cinq mille cinq cents calories par jour pour tenir le coup, Papa avait besoin d'un bon kilo de quotidiens pour se sentir en forme. Il passait à trois livres, voire deux kilos lorsque paraissaient les hebdomadaires et dépassait largement ce cap quand il leur adjoignait les mensuels. Sa capacité d'absorption était sans limites et bien qu'il ne cessât de répéter : « Il n'y a rien dans ces feuilles de chou ! » ou bien : « Un tel est un pisse-vinaigre qui ne mérite même pas d'être lu ! » il avalait néanmoins tous les journaux qui lui tombaient sous les yeux. Maman n'a jamais pu s'habituer à cette boulimie, aussi lançait-elle tous les jours :

— Je ne comprends pas pourquoi tu lis toutes ces âneries !

— Je t'adore, disait Papa distraitement et sans interrompre la lecture d'un éditorial.

En effet, rien ne pouvait l'atteindre lorsqu'il dévorait. Quand tout était consommé, il faisait le tri, conservait les articles qui poussaient à la rumination et jetait le reste dans la caisse à papier en ponctuant son geste d'un : « Sans intérêt ! Panier, panier, panier ! »

Immuable cérémonie qui permettait à Maman de redire :

— Ce n'était pas la peine de les acheter !

Cette ingestion journalière de papier me donna, il y a trente ans, la possibilité de me faire quelque argent en revendant les journaux composant le menu de Papa. Dès que j'eus réalisé que toute cette littérature était monnayable, je me mis à surveiller de près ses lectures. L'entendre dire : « Sans intérêt ! Panier, panier ! » signifiait pour moi : 1 kg + 20 kg déjà entassés dans le placard = 21 kg multiplié par 4 F (prix du kilo) = 84 F, une vraie fortune !

Maman fut ravie de mon initiative qui eut pour résultat immédiat de la débarrasser d'un tas de vieilles paperasses dont elle ne savait que faire. Mon acheteur tenait boutique rue du Bac à huit cents mètres de chez nous, ce qui me permettait de coltiner à pied, tous les quinze jours, le fruit de ma collecte. J'étais très fier d'encaisser les petites sommes que me rapportait mon travail, mais très sceptique aussi quant à la justesse de la bascule du chiffonnier... Je m'éreintais et pliais sous la charge en remontant le boulevard Saint-Germain pour m'entendre dire à l'arrivée :

— Ah ! mon p'tit gars, c'te fois ça fait... voyons... onze kilos tout juste...

Que répondre à cela lorsqu'on a treize ans, que l'on est haut comme trois queues de chèvre et qu'on a grand-peur, de surcroît, de n'être pas payé du tout ? Car je redoutais qu'un jour vienne où mon acheteur me dirait :

— Bon, aujourd'hui, j'ai pas de monnaie, j' te réglerai le coup prochain...

Par chance, il me paya toujours, mais je reste

persuadé qu'il me roulait sans vergogne sur le poids...

Malgré cela et aussi malgré Papa qui me traitait de clochard et de croquant, je continuai sans faiblir à ramasser les vieux journaux en déplorant, sans le dire à Maman, que Papa n'en lise pas davantage !

31

Quand j'eus enfin l'âge d'entrer chez les scouts, ce fut pour moi une promotion. Le fait de « monter » à la troupe me donna la certitude de faire désormais partie des « grands ». Je n'avais jamais beaucoup apprécié les louveteaux ; pourtant, mes frères m'avaient montré la voie, mes sœurs m'en vantaient les charmes, tout le monde désirait m'y voir briller. Je résistai et n'y fis que des apparitions épisodiques. Je n'aimais pas ces meutes patronnées par des cheftaines, ces jeux que je trouvais bébêtes et trop calmes, ces garçons de mon âge que, paradoxalement, je jugeais trop jeunes. Habitué à jouer avec Yves et Xavier, vivant avec des aînés, j'estimais que les louveteaux manquaient de la plus élémentaire virilité. Chez les scouts, on pouvait enfin laisser libre cours à sa vitalité et nul ne s'en privait ; nous nous y trouvâmes à l'aise, Xavier et moi.

Notre troupe, une des plus anciennes de Paris et sans doute de France, avait eu dans ses rangs les plus grands noms du scoutisme.

Moralement, il y régnait un excellent esprit relevant tout à la fois de la chevalerie, du jacobinisme, de la chouannerie, de l'anarchisme et du patriotisme 14-18. Rajoutez-y une bonne dose de je-m'en-fichisme intégral, une once de sectarisme et de conservatisme, liez le tout avec un catholicisme bon teint et vous obtiendrez notre rassemblement.

Il faut dire, pour expliquer la formation de ce bizarre mélange, qu'il était le fruit de quatre greffages d'essences très différentes : une part de noblesse plus ou moins ruinée, une de haute bourgeoisie, une de petite bourgeoisie, une enfin de prolétaires. Théoriquement, un pareil cocktail eût dû exploser, il n'en fut rien et nous en restâmes toujours au stade des invectives et des chansons. Nos différends se réglaient selon un processus bien défini. Cela commençait par des : Mort aux vaches ! Vive la guillotine ! Fusillez la racaille !... Et encore : Les communards à Vincennes ! Vive le roi ! et Mort à la République !

Quand nous avions épuisé ces premières munitions, nous passions aux grands refrains vengeurs et achevions la mêlée en bramant *la Carmagnole, Ah ! ça ira, la Madelon* et *la Marseillaise*. Lorsque nous nous arrêtions enfin, à bout de souffle et d'arguments, c'était pour proclamer unanimement que notre troupe était la meilleure du monde ; nous avions choisi Du Guesclin comme « maître à penser » et hurlions par trois fois à pleine gorge son redoutable : « Notre-Dame Guesclin ! »

Si l'esprit qui régnait dans nos rangs est explicable par nos diversités d'origine, ce qui ne l'est pas du tout, c'est le mépris que la majorité d'entre nous affichait vis-à-vis de l'uniforme. Nous ne fûmes jamais capables de représenter ce que l'on appelle une belle troupe, nous eûmes toujours l'allure d'une cohorte de clochards en herbe et je crois bien que nous en étions très fiers... Sur les trente-cinq garçons que nous étions, il s'en trouva toujours, et à tour de rôle, une bonne moitié qui porta des shorts kaki alors que le bleu était de rigueur, des soquettes lorsqu'il fallait des chaussettes et des chemises de toutes les couleurs. De temps à autre, le chef de troupe prenait ombrage de la déplorable tenue de ses garçons ; il menaçait, tempêtait, s'arrachait les cheveux, puis se résignait.

Vêtus de bric et de broc, hurlant dans les rues des chants vengeurs, nous passâmes rarement inaperçus. Cela nous attira, entre autres, le blâme d'un vieux chef de district, à poil blanc et genoux cagneux, au cours d'une assemblée générale à Chamarande. Il est vrai que ce ne fut pas uniquement la disparité de nos « uniformes » qui déchaîna sa colère. Ce détail à lui seul aurait pu lui suffire, car nous tranchions au milieu des autres troupes, lesquelles, impeccablement alignées, propres et bichonnées, attendaient sans broncher dans de très militaires garde-à-vous, alors que nous dansions d'un pied sur l'autre en nous racontant force blagues.

Mais ce n'est point cela qui nous attira les foudres du vieux chef et peut-être ne nous aurait-il point remarqués si le farceur qui lança une fusée rouge pendant la cérémonie des couleurs s'était abstenu. Bien entendu, la fusée le guida vers nous, il vint et c'est alors que l'horreur se peignit sur ses traits de vieux petit garçon. Après quarante ans de scoutisme, c'était la première fois qu'il voyait une pareille équipe de gueux, de traîne-savates, de tire-laine. Conscient de sa responsabilité, il nous tança sans détour, ce qui eut pour effet immédiat de faire naître un fou rire collectif d'une indécente intensité. Nous entendîmes, entre deux hoquets, des terribles menaces comme : retrait du drapeau, dégradation des chefs de patrouille, suppression de la carte scout, renvoi aux parents, etc. Rien n'y fit, nos rangs se tordirent sous les rires et nous fûmes à jamais considérés comme la troupe la plus miteuse, la plus chahuteuse, la moins respectueuse, bref, on nous ordonna de ne plus jamais paraître devant les yeux du vénérable chef.

Cela valait mieux pour tout le monde car, croyez-moi ou non, peu de temps après cet incident, nous vîmes arriver, au matin d'une grande sortie, un des assistants qui arborait fièrement au pied gauche une chaussure basse, au droit un godillot à clous... C'était parfait ! Lorsqu'il s'aperçut de sa méprise, il tenta de s'excuser en invoquant je ne sais trop quelle panne de lumière dans sa chambre. Personne ne le crut, la troupe était ensorcelée, un point c'est tout.

Ensorcelée, mais tellement sympathique !

Lorsque j'y entrai, seule comptait la préparation du camp d'été. Avant tout, il faut que vous sachiez que Christian, notre chef de troupe, possédait un engin à quatre roues baptisé « car » par le service des Mines et l'Escargot bavard par nos soins. Soyons sérieux, cette « chose » n'avait d'un car ni la forme, ni le confort, ni le rendement ; certes, il possédait un moteur, mais enfin les machines à laver aussi ; pour les roues, c'était pareil, les remorques à betteraves en ont également et... Disons pour couper court que c'était un véhicule guère plus maniable qu'un tombereau, aussi souple et confortable qu'une moissonneuse-batteuse, nerveux et rapide comme un rouleau compresseur. Ce brontosaure à roulettes avait eu, dans un temps fort lointain, l'honneur d'appartenir au parc auto des gardes républicains. Passant ensuite de main en main, perdant ici une aile, coulant ailleurs une bielle, racheté enfin par Christian, il faisait parmi nous ses dernières armes.

Christian ne doutait de rien et ne reculait devant rien. Agé de dix-neuf ans, il s'estima très capable de prendre la route en entraînant une bande de trente-cinq garçons et de conduire ces derniers jusqu'à la pointe nord du Danemark...

Par chance, aucun des parents ne demanda à visiter notre moyen de locomotion : nous avions un car ? Bon, alors tout allait bien !

Nous devions partir théoriquement pour trois semaines et, pour limiter le prix du camp, Christian pensa que le plus rationnel serait de transporter des passagers supplémentaires. Lui et les assistants se chargèrent de recruter des amateurs solvables ; ils leur promirent un voyage agréable, une ambiance chaleureuse, une croisière sans soucis... Quand le départ arriva, les choses se présentaient ainsi : l'Escargot bavard était prévu pour trente places, nous étions trente-cinq scouts, une dizaine d'invités payants arrivèrent avec armes et bagages...

Problème mineur ! On rajouta des bancs...

Ce qui souleva quelques difficultés, ce fut de caser un de nos camarades qui, par un fait exprès, s'était cassé une jambe huit jours plus tôt. Nous n'allions pas l'abandonner pour si peu ! D'ailleurs, il portait un très beau plâtre et emportait une superbe voiture d'infirme. Nous installâmes le blessé du mieux que nous pûmes et hissâmes son fauteuil sur la galerie ; on lui fit une place entre les tentes, sacs, marmites, bidons d'essence, caisses à outils ; nous dissimulâmes pudiquement ce bric-à-brac sous une toile percée, pompeusement baptisée bâche, et admirâmes notre équipage. A dire vrai, l'Escargot bavard ressemblait à s'y méprendre à un dromadaire trop bien nourri ; sa bosse, à la limite de l'explosion, atteignait au bas mot un bon mètre cinquante de haut — baste ! ça donnerait de l'assise.

Le monstre s'ébranla vers trois heures de l'après-midi, le départ avait été prévu pour neuf heures du matin, nous n'avions donc que peu de retard.

Résumons-nous. Nous disons donc quarante-cinq personnes, dont trente et quelques scouts de quinze ans en moyenne, une jambe cassée, une dizaine d'inconnus genre étudiants dont trois filles et des guitares, un chef de troupe et ses assistants, un homme enfin, le seul du groupe, dont la moindre particularité était une jambe artificielle ! (Je crois que le malheureux avait jadis sauté sur une mine.) Je pense que c'est à peu près tout.

La chance se mit d'emblée avec nous, sans elle nous eussions perdu le toit... En effet, si l'Escargot bavard avait pu dépasser le cinquante à l'heure, Christian n'aurait pu s'arrêter lorsqu'il y eut des craquements quand nous passâmes sous le premier pont. Ça craqua, mais pas beaucoup plus, seule la voiture d'infirme fut pulvérisée... Il en fallait plus pour nous décourager. Nous tassâmes à grands coups de pied le fauteuil brisé et quelques sacs et roulez cocher, sus au soleil de minuit !

32

Le voyage se fit sans autres incidents. Nous roulâmes jour et nuit ; Christian « tenait » au vin rouge et au camembert. Son copain Bernard, l'homme à la prothèse, le remplaçait de temps à autre puis, histoire de se dégourdir un peu, il délaçait sa jambe artificielle et la lançait parmi nous, ce qui contribuait à renforcer l'incommensurable pagaille dans laquelle nous vivions.

Aucun douanier n'osa jamais s'aventurer dans notre char à bancs, même pas les Russes. Il est vrai qu'ils furent sans doute plus étonnés que nous lorsqu'ils nous arrêtèrent en pleine nuit. Heureusement d'ailleurs qu'ils étaient là pour nous rappeler incidemment que nous entrions en zone soviétique. Sans cette patrouille, nous nous serions peut-être retrouvés dans les faubourgs de Varsovie ou même en Sibérie !

Quand nous atteignîmes enfin notre lieu de camp, nous étions aussi puants que des phacochères sortant d'un marigot. Un bain s'imposait et, toute affaire cessante, nous nous précipitâmes vers le lac tout proche.

Vous êtes-vous déjà baigné dans du Coca-Cola ? C'est curieux comme liquide et l'eau dans laquelle nous plongeâmes en avait sinon le goût, du moins la couleur. Situé en pleine forêt de pins, cerné d'un côté par une tourbière, le lac était d'une belle teinte rouille foncé. De sales que nous étions en y entrant, nous en ressortîmes crasseux et bruns. Cela mis à part, le site était féerique. Les myrtilles et les framboises couvraient les sous-bois, les daims, cerfs et chevreuils gambadaient sans crainte aux abords de nos tentes.

Nous échafaudâmes de somptueuses installations de camp grâce à des blocs de tourbe savamment découpés. Ce matériau gluant et mou nous réserva quelques surprises lorsque le soleil l'eut durci...

Nos moyens financiers étant des plus réduits, les chefs nous encouragèrent vivement à nous nourrir de myrtilles et de framboises. C'était quand même un peu léger, aussi nous mîmes-nous au régime lacté. Le litre de lait était à un prix dérisoire ; nous en fîmes une consommation digne d'un troupeau de veaux !

Un des événements importants de tout camp scout est le concours de cuisine. Ce jour-là se révèlent tous les Vatel méconnus, tous les grands maîtres de l'art culinaire. Pour donner plus de faste à cette cérémonie et rehausser le sérieux du jury, Christian décida d'inviter à déjeuner le consul de France et sa famille.

Nous nous mîmes en cuisine dès l'aube pour recevoir dignement cette haute personnalité. Ce fut à ma patrouille qu'échut l'honneur de confectionner le plat de résistance : un rôti de veau à la purée. J'étais alors jeune scout, donc sous-fifre, c'est-à-dire bon pour l'épluchage et la corvée de bois. Je m'acquittai scrupuleusement de ces basses besognes et m'éclipsai avec un copain en direction des framboisiers. Nous fûmes accueillis à notre retour par une délicieuse odeur de viande grillée, de purée croustillante.

Il est vrai que notre installation de cuisine

était un modèle du genre. Bâtie en blocs de tourbe, elle possédait un four et trois foyers ; grâce à ce chef-d'œuvre d'ingéniosité, nous étions presque certains de gagner le concours de cuisine.

Le consul, sa femme et ses enfants arrivèrent à midi. Christian avait absolument tenu à aller les chercher lui-même ; on avait débarbouillé et balayé l'Escargot bavard pour la circonstance, et décoré l'intérieur de guirlandes de lierre. L'engin avait un certain chic...

Le consul se déclara ravi de déguster enfin de la vraie cuisine française et nous passâmes à table. Ça sentait « de plus en plus bon ». Après une salade de tomates sans prétention, nous nous préparâmes à passer aux choses sérieuses. Le chef de patrouille délégua deux garçons pour aller quérir le merveilleux rôti et la purée dorée à point.

Les serveurs revinrent les mains vides, pâles, décomposés, au bord des larmes :

— Y'a, y'a plus de cuisine, balbutia l'un d'eux en ravalant ses sanglots.

— Plus rien, renchérit l'autre, et en plus ça pue...

— Faites pas les ânes, dit Christian qui croyait à une blague, c'est pas le jour !

Pourtant, il y avait effectivement une drôle d'odeur...

Nous nous levâmes et allâmes vers le coin cuisine.

Malédiction, sabotage, horrible vision ! Plus de fourneau ni de foyer, plus de rôti à la purée, mais un tas fumant de tourbe en pleine combustion. Un affreux tas de braises dans lequel on devinait, calciné et charbonneux, le vestige du rôti...

— C'est marrant, dit l'un d'entre nous, ça brûle vachement bien cette saloperie de tourbe ! C'est bon à savoir, ça évitera les corvées de bois...

Nous l'eussions précipité dans le lac si les circonstances n'avaient point été si dramatiques. Là-bas, le consul attendait la suite...

La suite ! Ah ! parlez-moi de la suite, nous n'avions que des nouilles et du lait : si monsieur le consul veut bien reprendre un verre de lait...

Non, impossible !

— Des sardines, dit le chef de patrouille, j'en avais apporté une boîte...

Il fallut d'abord la retrouver, ce qui ne fut pas une mince affaire.

Nous pûmes malgré tout présenter au consul cette spécialité typiquement française que sont les sardines du Portugal...

Un camp n'est digne de ce nom que s'il comporte un grand jeu. Le propre d'un vrai grand jeu c'est d'être raté et de se transformer en épopée délirante. Nous ne transgressâmes pas cette antique coutume.

Chaque patrouille devait se débrouiller pour atteindre la première un lieu situé à une vingtaine de kilomètres de notre camp. Nous savions que mille embûches, embuscades et traquenards nous attendaient tout au long du parcours. Cela, c'était la théorie. Il y a loin de la coupe aux lèvres, car nous nous perdîmes après une heure de marche.

Il pleuvait ; aucun de nous ne parlait le danois ; bref, le grand jeu s'ouvrait sous les meilleurs auspices.

Nous marchâmes, car il fallait bien faire quelque chose, rencontrâmes une patrouille tout aussi perdue que nous, puisqu'elle venait en sens inverse, échangeâmes nos points de vue et poursuivîmes notre chemin. Le moral était au beau fixe.

Trempés, affamés et fourbus, nous atteignîmes en fin de soirée un petit village côtier dont les habitants nous reçurent à bras ouverts. Je n'ai jamais revu un tel sens de l'hospitalité. Le boucher-charcutier du hameau nous invita à sa table, chercha sur sa radio un poste de langue française, nous offrit enfin son garage pour passer la nuit.

Pour un bon grand jeu, c'était un bon grand jeu.

Malgré tout, nous étions perdus corps et biens, sans directives, sans argent, mais avec un moral d'acier. Après une nuit chez le charcutier, nous plantâmes la tente et partîmes pêcher les palourdes; il fallait bien manger quelque chose. Nous passâmes cinq jours dans ce délicieux petit village. Nous vivions en partie grâce à la générosité des habitants qui semblaient trouver suprêmement drôle notre situation.

Au soir du quatrième jour, nous fûmes rejoints par une patrouille qui, moins douée que la nôtre, errait lamentablement depuis le début du jeu. Ignorant s'il s'agissait d'alliés ou d'adversaires, nous infligeâmes une sévère raclée à cette équipe de vagabonds; vérifications faites, il s'agissait bien d'amis...

Le lendemain, l'Escargot bavard fit enfin son entrée dans le village. Christian nous apprit que le grand jeu était complètement raté, ce dont nous n'eûmes cure, nous traita de bons à rien et nous ramena au camp.

Il nous révéla le soir même que nous ne pouvions rentrer en France, car nous n'avions plus un sou. Le grand jeu commençait vraiment.

33

Il existe plusieurs façons de trouver de l'argent. Nous les étudiâmes toutes, rejetâmes l'attaque d'une banque et le coup de main sur promeneurs isolés, dont la réalisation s'éloignait un peu trop de la loi scout, repoussâmes le S.O.S. aux parents car ce système manquait de décence, refusâmes enfin la honteuse quête aux coins des rues.

Alors, que faire ? Christian, optimiste de nature, proposa de monter un grand feu de camp et d'en faire un spectacle payant. Son idée fut agréée à l'unanimité. Pour mettre tous les atouts de notre côté et vendre le maximum de billets, nous pliâmes les tentes, fîmes nos bagages et émigrâmes à Alborg, la plus proche ville. Nous nous logeâmes dans une auberge de jeunesse et passâmes au premier acte de notre opération-survie.

Vendre des billets pour un feu de camp n'est déjà pas chose facile en France, vouloir le faire dans un pays étranger demande la foi qui soulève les montagnes ; nous l'avions.

Pour être honnête, il faut préciser que nous fûmes soutenus dans notre entreprise par un journaliste local qui voulut bien nous consacrer un article expliquant notre situation ; grâce à lui nous pûmes partir à la conquête de la ville.

Les poches pleines de billets, brandissant un article de journal en guise de laissez-passer, par petites équipes de deux ou trois, nous traquâmes l'amateur de feu de camp. Cela donna lieu à des dialogues et à des scènes épiques. Accostant les passants, nous leur tendions simultanément l'article et des billets ; j'étais avec Xavier qui se révéla être un redoutable placier :

— Salut, mon gros lapin! lançait-il en souriant. Tiens, lis ce truc en chinois : tu verras ce qu'on veut ; ensuite, passe à la caisse. Allez va, c'est pas pour cent balles!

Mais, dans la rue, les gens n'ont pas le temps de lire, nous dûmes nous rabattre sur le porte-à-porte. La tournée des immeubles fut très déprimante pour nos estomacs. Quels gens charmants que les Danois! En effet, non contents de nous acheter des pleins carnets de billets, ils nous offrirent de surcroît, dans presque tous les cas, des assiettes de gâteaux : gâteaux à la pistache, à la cannelle ou à je ne sais trop quoi qui nous restèrent très vite au bord des lèvres.

Je n'oublierai jamais l'immeuble de huit étages qui eut raison de nous. Au premier, des gâteaux, au second aussi, au troisième idem, au quatrième encore...

— Bon, dit Xavier dans un hoquet et en s'asseyant sur les marches à la hauteur du cinquième, j'en ai ma claque de leurs saloperies, je préfère rentrer à pied à Paris plutôt que d'avaler un truc de plus! Vas-y tout seul, si tu veux.

— Des clous, vas-y, toi!

— Macache! C'est à ton tour ; c'est moi qui fais tout! protesta Xavier avec une mauvaise foi désarmante.

Nous en étions là de nos discussions lorsque la porte s'ouvrit sur une vieille dame qui, sans doute intriguée par nos palabres, nous questionna en souriant.

— On est foutus, dit Xavier en tendant machinalement l'article, elle a une tête à nous offrir des gâteaux, je vais vomiiir...

— Moi aussi, dis-je lugubrement.

La vieille dame nous acheta des billets et insista pour que nous acceptions des petites choses vertes et violettes franchement répugnantes. Nous la remerciâmes avec effusion, puis battîmes en retraite sans visiter les autres étages ; l'héroïsme a des limites !

Quand vint la représentation, nous connaissions la ville dans ses moindres recoins et étions à jamais écœurés des friandises danoises. Notre séance fut un succès : il y avait au moins cinquante spectateurs... Cinquante personnes pour cinq cents billets vendus, c'est quand même une belle performance, non ?

Grâce aux Danois, nous pûmes prendre le chemin du retour avec tout au plus huit jours de retard. Un camp comme ça, c'est vraiment une réussite !

34

Dès la rentrée d'octobre, le scoutisme occupa désormais mes temps libres et, par là même, ceux de Xavier. Nous délaissâmes la quête aux paquets de cigarettes et les intrusions à la maison de la Chimie.

Pour ma part, j'optai avec plaisir pour les sorties dans les carrières de Massy-Palaiseau, les bois de Meudon, la forêt de Fontainebleau ; l'Escargot bavard, de plus en plus grinçant, roulait toujours... Les grands jeux et les batailles à la « garruche » m'enthousiasmaient tout en m'assommant parfois. Je signale aux lecteurs non avertis qu'une garruche n'est autre qu'un foulard tressé dont on use comme d'une matraque ; c'est très efficace pour activer la circulation du sang.

Grâce aux scouts, je pus, presque toutes les semaines, reprendre contact avec la nature, m'oxygéner, voir et toucher des arbres, m'épanouir. Il est temps que j'avoue, et je le fais sans honte, que la vie à Paris me devenait insupportable. Je rejetais de plus en plus l'idée de devenir un jour un vrai Parisien, c'est-à-dire un homme travaillant et vivant entre quatre murs. Je me mis à tirer des plans où la capitale n'avait nulle place. Je rêvais d'herbe, de vaches, d'espace, de bois et j'en vins peu à peu à détester le métro, la cohue, le macadam, en somme la ville. Mon travail en classe accusa le coup. Papa fronça les sourcils et me prédit un avenir aussi misérable qu'incertain. Le directeur de l'école s'appliqua lui aussi à me brosser un sombre portrait de ma vie future ; nous échangeâmes quelques mots doux entre quatre yeux... Il prophétisa une existence cauchemardesque, me fit entrevoir la triste vie des locataires du pont Solferino ou Alexandre III, me parla des tortures de la faim, de l'implacable enchaînement qui conduit le paresseux de la porte des collèges à la porte des prisons. Il se fâcha tout rouge quand je lui rétorquai que ses prédictions ne me touchaient pas car, quand bien même devrais-je un jour crever de froid et de faim, ce ne serait ni sous un pont ni sur une grille d'aération du métro, mais dans un hangar à paille et en pleine campagne !

Les débats devinrent alors houleux, le directeur tenta de me faire honte, il me peignit sous les traits d'un garçon de ferme, aux sabots pleins de fumier, puis sous ceux d'un berger crasseux, abruti de solitude et de bêlements ! Peine perdue, j'étais déjà aussi têtu qu'un paysan limousin. Ce que voyant, le pauvre homme m'assura qu'il saurait bien me faire travailler et que je serais collé aussi souvent qu'il le faudrait. De son côté, Papa envisagea de m'enfermer au plus profond d'un pensionnat si je ne montrais pas un peu plus d'intérêt à la classe.

L'ambiance était à l'ouragan.

Les mois qui suivirent ne détendirent en rien la situation. Les retenues trouvèrent tout naturellement leur place dans mon emploi du temps. Papa précisa ses menaces, cita même l'établissement où il se proposait de me mettre ; le directeur ajouta vicieusement de l'eau à son moulin : ça commençait à tourner mal.

Malgré cela, ou peut-être à cause de cela, j'étais de plus en plus allergique à la vie qu'on voulait me faire mener. Alors, insidieusement d'abord, avec précision ensuite, l'idée me travailla. Lorsqu'elle fut mûre, elle m'apparut tellement logique que je regrettai de ne pas y avoir pensé plus tôt.

Je voulais vivre au grand air ? Eh bien, qu'à cela ne tienne, c'était réalisable. Je ne serais ni garçon de ferme ni berger, comme disait l'autre, je serais agriculteur, un point c'est tout.

Il y eut comme un froid quand j'expliquai cela à mes parents.

Papa suffoqua quelque peu lorsque je lui assurai que je voulais à tout prix aller en pension dans une école d'agriculture.

En pension ! C'était sa grande menace et voilà que...

Il fallut, et c'est bien normal, plusieurs mois à mes parents pour s'habituer à ma proposition. Papa espéra, cela aussi est bien normal, que je changerais d'idée. A l'en croire, je ne voyais que le bon côté des choses, j'en viendrais vite à déchanter, je m'ennuierais de la famille, mon projet n'était qu'une passade.

C'était une vocation.

J'entrai en pension en octobre 1952 et je m'y plus. Je dus quand même, avant de m'y sentir parfaitement à l'aise, fournir la preuve que je n'étais pas aussi parisien que les anciens le supposaient.

C'était vexant de se faire traiter de parigot ; certes je n'étais pas le seul à porter ce qualificatif, mais les quatre ou cinq camarades qui partageaient cet « honneur » avec moi en tiraient une fierté que j'étais loin de ressentir.

Je me défendis pied à pied, refusai d'aller chercher le « plantoir à repiquer les carottes », le « blanchisseur de poireaux », le « fer à friser la chicorée » ou autres fumisteries de cet acabit !

Je ne marchai pas plus lorsqu'on me demanda d'installer la troisième oreille de la charrue bisoc ou d'aller à l'enclume pour écraser l'avoine des chevaux.

Pour donner la preuve irréfutable que je n'étais pas aussi citadin que j'en avais l'air, je dus, devant témoins, faire la démonstration de mes capacités à traire une vache. Il apparut que je trayais mieux que pas mal de copains paysans, car, chez eux, on pratiquait la traite mécanique ! Dès ce jour, on me laissa à peu près en paix. Il n'en fut pas de même pour les vrais Parisiens et je n'oublierai jamais l'un d'eux, partant au petit jour en direction de la ferme. Il tenait sa brosse à dents à la main et m'expliqua sans rire qu'il allait de ce pas laver les dents des canards...

— Et demain, il faudra que je cire les cornes des vaches. Tu parles d'un cirque !

— Je te prêterai mon cirage, dis-je avec grand sérieux.

*Achevé d'imprimer en août 1998
sur les presses de l'Imprimerie Bussière
à Saint-Amand (Cher)*

POCKET - 12, avenue d'Italie - 75627 Paris Cedex 13
Tél. : 01-44-16-05-00

— N° d'imp. 1677. —
Dépôt légal : novembre 1986.

Imprimé en France

CLAUDE MICHELET

DES GRIVES AUX LOUPS

Raconter la vie d'un village de France de 1900 à nos jours, telle a été l'ambition de Claude Michelet, qui figure déjà parmi les " classiques " de notre temps.

Saint-Libéral est un petit bourg de Corrèze, tout proche de la Dordogne, pays d'élevage et de polyculture. Avec dix hectares et dix vaches, on y est un homme respecté comme Jean-Edouard Vialhe, qui règne en maître sur son domaine et sa famille : sa femme et leurs trois enfants, Pierre-Edouard, Louise et Berthe.

Dans cette France qui n'avait guère bougé au XIXe siècle, voici que, avec le siècle nouveau, des idées et des techniques " révolutionnaires " lentement apparaissent et s'imposent. Et le vieux monde craque...

Ce livre a obtenu le Prix des Libraires.

CLAUDE MICHELET

**LES PALOMBES NE
PASSERONT PLUS**

Le Prix des Libraires 1980 a couronné *Des grives aux loups*, le premier tome du grand roman de Claude Michelet qui se poursuit et s'achève dans le volume que voici. Le retentissement de cet ouvrage dans le public français s'affirme profond et durable. Il est la juste récompense d'une œuvre qui parle au cœur, où tout — personnages et situations — est vrai et où la France entière, celle des villes comme celle des champs, se reconnaît et retrouve ses sources vives... Nous avons laissé la famille Vialhe et le village de Saint-Libéral au lendemain de la Grande Guerre ; dans le bourg qui se réveille, la nouvelle génération affronte un monde nouveau...

CLAUDE MICHELET

J'AI CHOISI LA TERRE

L'agriculture, pour Claude Michelet, c'est un choix. Tout jeune, il s'est attaché à ce petit domaine proche de Brive, exploité par un domestique, où la famille passe les vacances : la terre de Marcillac. A douze ans, il décide qu'il sera paysan. Son père, Edmond Michelet, ne s'oppose pas à ce qui semble bien être une vocation. A l'Ecole d'agriculture de Lancosme-en-Bremme, Claude apprend qu'il existe d'autres méthodes de culture que celles que l'on pratiquait alors dans la basse Corrèze. En 1960, il s'installe à Marcillac. 19 hectares 50 ares de terres usées et retombées en friche, cinq vaches et une génisse, c'est toute sa richesse. Il se met à l'ouvrage.

Aujourd'hui, très simplement, il dit ce que furent ces quinze années : ses travaux et ses peines, ses réussites et ses échecs, ses bonheurs et ses déboires. Parlant de lui et des siens, de sa terre et de ses bêtes, il parle au nom de centaines de milliers de petits exploitants inquiets, désorientés par les décisions souvent contradictoires venues d'en haut et de très loin, qui craignent l'avenir et parfois se révoltent. Ces hommes-là se reconnaîtront dans ses propos. Les autres, les citadins, y découvriront une réalité qu'ils ignorent. Et chacun prendra conscience, à travers les pages de ce livre passionné, qu'une partie de la plus haute importance se joue dans les milliers d'exploitations familiales qui jalonnent la France : la survie d'une civilisation à visage humain.

CLAUDE MICHELET

ROCHEFLAME

A l'automne de 1979 paraissait *Des grives aux loups* ; couronné par le Prix des Libraires 1980, ce roman était suivi, cette même année, par *Les palombes ne passeront plus* — et cette chronique des gens de Saint-Libéral s'affirmait, tout aussitôt, comme l'un des plus grands succès de librairie de ces dix dernières années. Cependant, ceux qui connaissent l'œuvre de Claude Michelet n'avaient pas oublié ses précédents romans : *La grande muraille* et *Rocheflame*.

Le principal personnage de cette histoire est une maison, plantée sur un plateau aride au lieu-dit, autrefois, Rocheflame et, aujourd'hui, Rocsèche. Une demeure de paysan, modeste d'apparence, mais forte de ses pierres et de sa charpente, faite pour défier le temps et les passions humaines.

Pour cette maison et les terres qui l'entourent, deux hommes, à cinq siècles d'intervalle — le premier en 1475, sous le règne de Louis XI, le second en 1970 — vont se battre pour qu'elle vive et que vive avec elle tout ce qu'elle signifie : la dignité, la liberté, l'amour des êtres et des choses et cette permanence des valeurs fondamentales sans lesquelles il n'est pas de civilisation.

"Un homme et des pierres", écrivions-nous pour présenter *La grande muraille*. Ici, c'est "Deux hommes et une maison" (deux hommes qui n'en font qu'un). Mais c'est toujours la même histoire — la belle et grande histoire de la fidélité et de l'amour.